T A N K E R
- og TANKESTREKER

George Manus

2. utgave

Forfatter: George Manus
Copyright: George Manus
Design og layout: Ole Praud
Vignetter: Morten Løfberg
Copyright: Tankestreker og omslag: Jan Arnt

Trykk: BoD - Books on Demand, Norderstedt, Tyskland
Forlag: BoD - Books on Demand, København, Danmark (BoD.dk)
e-mail: george.manus@maxmanus.com

Andre bøker skrevet av George Manus

THOUGHTS - and Dashes, engelsk

REFLEKSJONER I, norsk
REFELECTIONS I, engelsk

REFLEKSJONER II, norsk
REFELECTIONS II, engelsk

REFLEKSJONER III, norsk
REFELECTIONS III, engelsk

EN KVINNES MANGE FLYTTINGER, norsk
A WOMEN'S MANY MIGRATIONS, engelsk

INNOVATIONS AND CREATIONS, engelsk

70 ÅR I KOMMUNIKASJON - om MAX MANUS firmaene, norsk
70 YEARS IN COMMUNICATION - about the MAX MANUS Companies, engelsk

2017

ISBN: 9788771884098

Forord

Disse "TANKER", som jeg skrev de første 51 dagene i 2001, er tilegnet min datter Anne-Marie.

Det kunne like gjerne bare blitt noen få dager og hvorfor det endte med 51 og ikke ble flere vet jeg ikke. Antagelig endte det slik fordi jeg ikke hadde lagt andre planer enn å sette noen få "TANKER" på papiret.

Det var andre aktiviteter som sa stopp for en fortsettelse. Skrivingen ble erstattet med forming av ideer til modeller og oppfinnelser

Uansett, det var ikke alltid lett å finne tid til å skrive, for selv tankene i seg selv var spontane og korte skulle de skrives på den aktuelle dagen.

De fleste"TANKER" ble skrevet i Cabrera i Syd Spania hvor vi levde på det tidspunkt, med unntak av de som ble til når jeg var på norgesbesøk i forbindelse med firmaaktiviteter.

Jeg hadde, mens disse ble skrevet, for lengst lagt bak meg en serie "REFLEKSJONER I" som bare ble liggende.

Nå, seksten år senere er tiden kommet for å rydde opp i disse skriveriene, med tanke på at kanskje noen venner, bekjente og andre kunne ha glede av å titte på dem.

"TANKER" skrev jeg den gang først på engelsk. Den utgis her på norsk med tittelen "TANKER - og Tankestreker", sammen med mine andre bøker.

Jeg takker Anne Schild for glimrende hjelp med språket, Morten Løfberg for vignetter, Jan Arnt for hans tankestreker og omslag samt min venn Ole Praud for uvurderlig konsulentarbeide.

Syd Spania 2017
George Manus
e-mail: george.manus@maxmanus.com

Tankestregens mangfoldighed

I mange år – allerede fra jeg var lille knægt - har jeg lavet streger, som jeg kaldte tankesteger, da jeg tidligt opdagede, at een streg kan udføres på mange måder. En lille tynd streg får straks liv, hvis man slutter af med et lille dyk eller laver et lille hop. To hop og man tænker måske på bakker eller kvindebryster.

En streg og to prikker, så havde man et ansigt, som man i øvrigt kunne variere i det uendelige. Prøv selv at tegne en streg og to prikker og gør det ti ganger i træk, og du vil optage, at ikke to er ens og ikke mindst at din hjerne har tænkt masse NYE tanker undervejs.

En kort fed streg, er ofte bare en tankestreg, hvor en bølget streg kan give mindelser om vand, og syv bølgede streger kan få en til at tænke på et helt ocean.

Hvis man så giver stregerne forskellige retninger f.eks. i et edderkoppespind, så begynder hjernen at tænke tanker – tankespind, som jeg kalder det.

Spindet er både et kunstværk, men også et rovdyrs fælde, der fastholder byttet, der lider en langsom død indtil edderkoppen forbarmer sig og æder det med hud og hår.

Sætter man blyanten til papiret og bare tegner på kryds og tværs opstår ofte strukturer. Nogle gange er det noget makværk, men andre gange kan man se skæve eller geometriske strukturer og væsener. Hov, er det ikke en kvinde, en mand, en klovn, et dyr eller noget helt andet.

Så forfølger tanken TANKESTREGEN og gøres færdig…og får måske også en tankevækkende titel.

Til sidst ender Tankestregen i skuffen eller på en væg med glas og fin indramning.

Eller i en bog om TANKER.

God kigge-lyst

Jan Arnt Arkitekt MAA – Danmark 2017

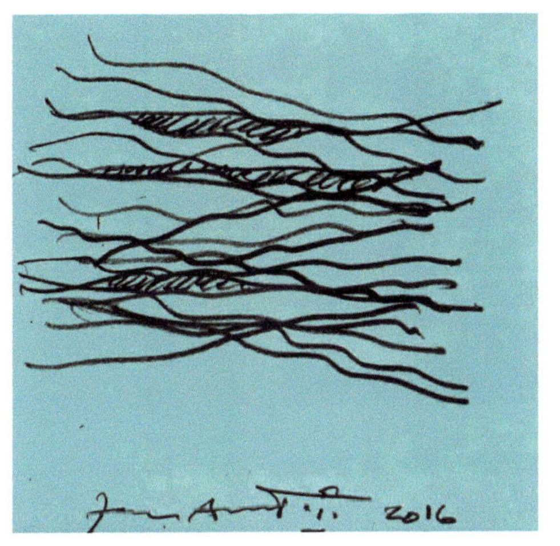

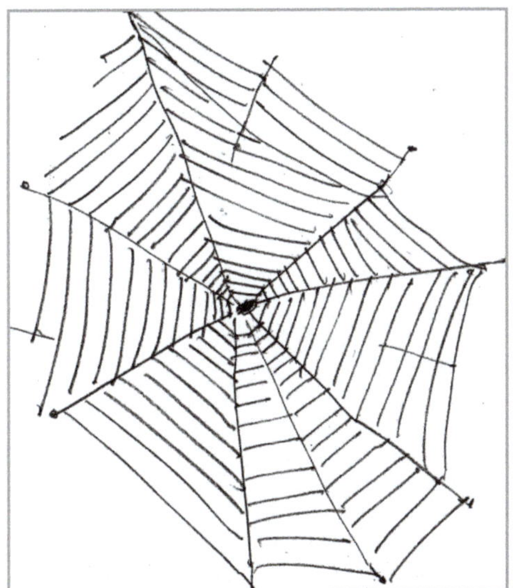

Bølger
Fantasi
Spind

Jan Arnt 2017

En kort, en lang
en trekant, en stang,
en klokke der siger Ding-Dang
Et ur, en mur, en mand
der er sur
en mand der er sur
en mur, et ur
en kort, en lang
en trekant, en stang
en klokke der siger Ding-Dang.

Tradisjon

Det faktum at det er den første januar, den første dagen i et nytt år, er alltid litt spesielt, selvfølgelig hvis man ellers sitter med gode minner fra avslutningen av året man har lagt bak seg. Eller er det nødvendigvis slik? For mange vil det også være en lettelse å ha sett slutten på et år for så å starte et nytt helt fra begynnelsen.

Uansett hvordan man ser på det, det er noe fascinerende med en bok med 356 blanke sider.

En ting er sikkert, året som gikk er allerede historie og hva det nye vil bringe er det ingen gitt å forutsi. En rekke antagelser kan selvfølgelig hevdes, men alle med tvilsom riktighet.

Det er femten grader i luften og solen skinner fra skyfri himmel. I seg selv er dette ikke særlig spesielt, ettersom de fleste dager her er solfylte gjennom hele året.

Syd Spania selvfølgelig, en snau halvtimes kjøring fra Middelhavet opp i Cabrerafjellene.

Hvis du ønsker å finne dette stedet spør du ikke etter noe kjent "inn" sted.

Er du i området. så søk heller erfaring fra mennesker som allerede har bestemt seg for at dette er stedet å leve.

Ikke to like hus, store eller små, alle typer er spesielt tilpasset den tomten de er bygget på, eller jeg vil heller si designet.

Arkitekturen er en blanding av andalusisk og maurisk og for at de ikke skal stikke seg spesielt ut, er alle husene malt i forskjellige sjatteringer av terrakottafarge.

Har man vært borte fra stedet i en tid, slik vi var i forrige uke, som vi tilbrakte i den vestlige delen av Andalucia, og du kjører opp fjellsiden til ditt Shangri-La, gir det deg fred i sinnet når du tenker på at du har valgt det riktige sted å leve.

Jeg er ellers glad for at vi mennesker har forskjellig smak og ønsker.

Vår strategi, ihvertfall som tingene fortoner seg i dag, er å bygge mellom ti og tjue hus i året i urbanisasjonen.

Disse daglige "Tanker" er ment å være korte og bare fokusere på de hendelser som det kan være verdt å huske når en ny dag starter og den man har lagt bak seg er blitt historie.

Det har allerede blitt en tradisjon at vi spiller golf den første januar og slik også i år.

Et par "birdies" og for ikke å nevne en "hole in one", ville mer enn kvalifisere til å gi dagen et ekstra løft, mens en dårlig runde naturlig nok ville være skuffende, med mindre den var en katastrofe.

Da vil alt se mørkt ut.

Langt fra noen "birdie" eller "hole in one" i dag. Mitt spill var ikke katastrofalt dårlig, men må allikevel karakteriseres som en skuffelse. Bortsett fra det hadde vi en herlig dag på banen.

Det er alltid viktig å finne en unnskyldning for sitt upresise spill, men vanligvis ville det bare forbli en unnskyldning og sjelden være basert på realiteter.

Ja vel, ryggen verker litt mer enn den har gjort på lenge, noe jeg ser positivt på, relatert til det dårlige spillet.

Vel hjemme, en herlig jacuzzi, som først tar en god halv time å fylle opp, mens peisen i stuen blir tent og kommer i riktig sprakende form.

Min kone helte opp et par champagneglass og smurte noen kjeks med gåselever, overlevninger fra gårsdagen.

Med bare hodet over vannet og en vennlig vannmassasje på resten av kroppen, senker freden seg over meg på denne første dagen i det nye året.

Med denne freden i sjelen dikteres dette på min Pocket Memo.

Allerede i kveld vil overføringen til tekst skje, vel vitende at senere når jeg leser dette igjen, vil jeg kunne bringe tilbake den gode følelsen av den første dagen i 2001, sett bort fra golfen.

CD karusellen

Jeg har alltid vært av den oppfatning at når noe går galt så går det virkelig galt. Jeg vil ikke her komme inn på hvordan jeg til tider har en følelse av at min sinnsstemning kan influere på computerens stabilitet. Jeg er overbevist om at jeg en dag vil sette noe på papiret om den saken.

Intet galt med computeren, men med et par maskiner som er mye mer jordnære.

Jeg har en herlig kone som hver morgen serverer meg te på sengen. I dag kunne hun fortelle meg, idet hun kom tilbake med tekoppene, at oppvask-maskinen hadde holdt det gående hele natten uten å reagere på programmet.

Det er ikke mer enn tre uker siden den ble reparert for den samme feilen, så selvfølgelig var dette en dårlig nyhet så tidlig på morgenen.

Teknikeren for denne typen reparasjoner kommer normalt til vårt distrikt en gang i uken hvis de har nok jobber til å kunne forsvare turen fra Almeria, som ligger omtrent nitti kilometer fra der vi bor.

Nå er det bare spørsmål om å ringe dem og håpe på det beste. Selvfølgelig er det ikke noen katastrofe å måtte ta oppvasken manuelt, men når man først er blitt vant til maskinen er det rart med det.

Det positive er at vinden som har blåst i hele natt nå har stoppet og at vi har nok en solskinnsdag foran oss.

En av de første tingene jeg gjør om morgenen er å slå på karusellen som inneholder nærmere hundre CDer. En rekke høyttalere plassert både inne og ute på terrassene vil så gjennom dagen, kontinuerlig spille dempet bak-grunnsmusikk.

Min kone er ikke alltid like fornøyd med musikken, spesielt når Maria Callas tilkjennegir sitt beste og hennes humør ellers er lettere dempet.

Hun har generelt intet imot Maria Callas, men timingen må være riktig.

Når jeg trykker på fjernkontrollen, som hvis jeg ikke velger en spesiell CD automatisk vil avspille Pavarottis herlige stemme, får jeg ingen respons.

Etter å ha lest bruksanvisningen og forsøkt alle triks jeg kan, måtte jeg overgi meg og gi opp, det var intet jeg kunne gjøre.

Uforståelig, hva slags statistikk kan fortelle deg at noe slikt kunne skje på samme dag.

Dette må være som å vinne i lotteriet vil jeg tro.

Det var definitivt ikke vår dag og vi føler det som fjernt fra å vinne i lotteriet.

CD karusellen som nå har tjent oss trofast i over to år har vi satt til side for å levere den til reparasjon i en dertil egnet forretning.

Nå gjenstår det bare å se om den i det hele tatt lar seg reparere eller om en ny må anskaffes ved et senere besøk til Gibraltar.

Jeg har ikke sett dem til salgs noe sted i Spania.

Vandede tanker   *Jan Arnt*

Favorittdrømmen

Jeg har hørt at det er veldig viktig at man drømmer når man sover. Hvorfor det er slik vet jeg ikke. Alle drømmer sies det, selv om man selv ikke er det bevisst og husker noe av det hele.

Det har vært perioder i mitt liv hvor det ble lite søvn, kanskje i gjennomsnitt noe sånt som fire til fem timer per natt.

Normalt vil jeg si at vel fem timer vil være det jeg kaller en god natts søvn.

Min kone er en stor-sover med et gjennomsnitt på rundt åtte timer, noe som gjør at jeg i snitt er våken rundt tre timer mer enn henne hver natt. Hva gjør jeg så med det?

I mer vanskelige tider i mitt liv prøvde jeg og skrive istedenfor bare å ligge der uten å gjøre noe.

Det hjalp ettersom det å lese om natten passer meg dårlig.

Jeg antar at de fleste av oss har noe favorittdrømmer og noen som vi hater og som vi helst vil unngå. For meg er det <u>en</u> type drøm som gir meg mareritt og det er den som alltid ender med at jeg ikke har nok tid til å fullføre ett eller annet, eller til å nå frem i tide.

Drømmene kan være svært forskjellige, mens temaet alltid er det samme, det at jeg blir forsinket. Enten finner jeg ikke veien til et sted jeg skulle være til en bestemt tid, eller så blir jeg oppholdt av at de mest utrolige situasjoner oppstår.

Det ender alltid med at jeg våkner tungpustet og svettende.

Favorittdrømmen er imidlertid helt herlig. Den har indirekte med Newton å gjøre, altså har den å gjøre med loven om tyngdekraften.

Tenk deg, kun styrt av viljen lener jeg meg tilbake og finner meg selv svevende i luften. I denne tilstand kan jeg kontrollere en form for flyvning, det være seg inne eller ute i det fri.

Selve kontrollen av flyvningen gjøres med minimale avslappede bevegelser.

Det er aldri noen tanker om at jeg skal falle ned, ettersom jeg alltid har landet trygt og godt på føttene.

Denne typen drøm, når den skjer, vil som regel finne sted sent i søvnen.

Mitt generelle problem er at jeg kun har en av mine favorittdrømmer for hver tre til fire av de andre.

I natt skjedde imidlertid noe helt spesielt, jeg hadde en av hver.

Den første fant sted på en golfbane som knapt hadde "fairways" og "greens" og som mer så ut som en skog.

Vi var fire i "flighten" som kjempet oss fra hull til hull mens de bak oss presset på. Jeg aner ikke hvorfor vi ikke slapp dem gjennom, noe vi vanligvis skulle gjort.

Bakken var våt og sølete og jeg traff den mer enn ballen.

På toppen av det hele mistet jeg en rekke baller.

En lang historie kort, jeg mener også vi gikk oss vill på et hull og endte opp på et annet.

Vi fullførte aldri runden og når jeg svettende endelig våknet var det siste jeg husket at jeg manglet en golfkølle som jeg må ha mistet i kampens hete.

Slumrende i de neste timene endte jeg i den foran beskrevne lykkelige tilstand.

Det skjedde innendørs, som om det var på en tennisbane med tak. Det var en person til stede utenom meg, noe som aldri har hendt før.

Dette gav en ekstra god følelse, for da hadde jeg et vitne som så meg gjennomføre det umulige.

Etter å ha svevet rundt i rommet ganske lenge, landet jeg trygt, hvoretter jeg rolig våknet fra søvnens favntak.

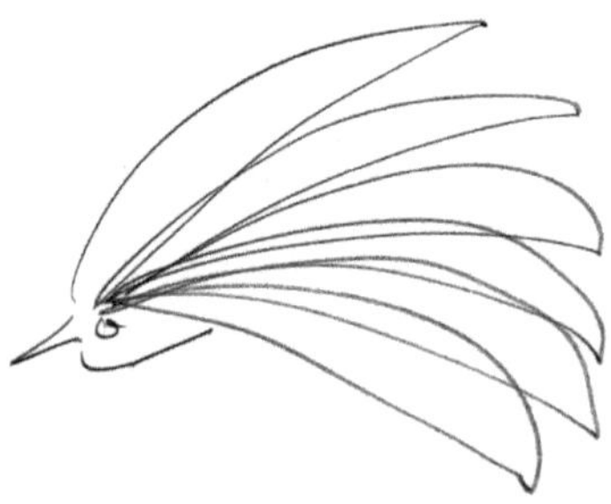

Flyvske tanker   Jan Arnt 2017

Samvittighet

Jeg antar at samvittighet er noe vi alle i en eller annen form er opptatt av. Om det gjelder god eller dårlig samvittighet, så er den alltid med oss som en del av vårt daglige liv. Så er det noe med fortrengelse av den dårlige samvittigheten, og den fine varme følelsen av den gode.

Det kan dreie seg om viktige saker eller bare dumme småting, men vi har allikevel følelsen av at samvittigheten er der.

Ingen skade på verken hus eller trær under den ekstremt sterke vinden vi har hatt i den senere tid, bortsett fra noen veltede mindre blomsterpotter, og så den store sådanne på den øvre terrassen med sin eviggrønne busk. Den hadde veltet og befinner seg nå i flere deler.

I den tilstanden har den stått, eller rettere sagt blitt liggende, inntil nå.

Ville jeg være helt sikker på at vinden virkelig var over?

Vel, i alle fall har jeg hatt litt dårlig samvittighet for ikke å ha gjort noe med den før nå.

Jeg har nok sett på elendigheten hver dag og sagt til meg selv at jeg må gjøre noe med saken, men det har blitt med tanken.

Har nok som nevnt hatt litt dårlig samvittighet, så i dag tok jeg meg sammen og kjøpte en ny potte.

Stor som den er og tung også, var det litt av en jobb å få den opp på terrassen å få fjernet restene av den gamle.

Gartneren som besøker oss ukentlig, på fredager, tar selve omplantingen i morgen.

Mens jeg var på vei for å kjøpe den nye potten, kom jeg til å tenke på at vi i over et år har snakket om å anskaffe en eller annen form for fjernstyring av mobiltelefonen, slik at den lovlig kan brukes i bilen.

Det er nå blitt en ny lov i Spania som forbyr bruk av mobiltelefon under kjøring.

Også at dette til stadighet har blitt utsatt gir meg ofte litt dårlig samvittighet, spesielt når jeg ser på alle spanjolene som totalt ignorerer påbudet om sådant utstyr, og konsekvent benytter mobilen mens de kjører.

Den nye loven ga meg et ekstra incitament til å gjøre noe med saken, så etter at jeg fikk manøvrert potten inn i bilen dro jeg rett til forretningen hvor vi i sin tid kjøpte våre mobiltelefoner.

Med tolv tusen fem hundre pesetas mindre i lommen forlot jeg butikken, glad, tenkende at jeg igjen hadde kvittet meg med en dårlig samvittighet.

Sorte tanker   *Jan Arnt 2017*

Bomberos

Humør, godt humør eller dårlig, alle har vi humør; det er bare spørsmål om hvordan vi takler det. En ting er sikkert og det er at ingen av oss seiler gjennom livet uten humørsvingninger. Er det så bare et spørsmål om hvordan vi takler det, og er det bra å kunne kontrollere humøret?

Personlig tror jeg ikke det er bra med for mye kontroll, selv om jeg må innrømme at det med kontroll er en av mine største svakheter.

Jeg tror det er både bedre og sunnere for en selv hvis man klarer å leve ut humøret.

I dag var en av disse typiske dager som av en eller annen grunn viste seg å bli veldig spesiell.

Hva vi gjorde har ingen interesse i denne sammenheng og hadde ingenting med vårt privatliv å gjøre, det ble bare slik at intet fungerte.

Da vi kom hjem i ettermiddag i det jeg betegner som en liten storm, følte vi begge at tingene ikke var som de skulle.

Mens jeg tilbrakte vel en time på kontoret mens vinden hamret og plystret over det hele, kom min kone inn for å fortelle at hun hadde sett brannvesenets utrykningsbil på vei oppover i fjellet.

Den spanske brannbilen kalles "El coche de bomberos".

Etter denne fulgte politiet, "Guardia Civil" med fullt blålys.

De hadde passert vårt hus som ligger fire hundre meter over havet og var på vei oppover grusveien mot toppen, som ligger på rundt tusen meter.

Jeg følte at hun var svært urolig, ettersom vinden var noe av det sterkeste vi kunne huske å ha hatt, ihvertfall siden den gang vi hadde den store brannen her i august nittiåtte.

Hun innrømmet da også at hun var engstelig og at hun følte at noe var alvorlig galt.

Kvinnelig intuisjon skal man aldri undervurdere men, på den annen side, når slike intuisjoner kommer samtidig med at man har hatt det man kaller en dårlig dag, skal man ikke nødvendigvis feste seg for mye ved dem.

Det kan være lett for meg å si ettersom jeg også følte meg urolig av den kontinuerlige hamringen og plystringen fra vinden.

I denne sammenheng må nevnes at i forgårs kom en av beboerne i urbanisasjonen i sitt helikopter fra England.

Vi så ham fly rundt i området både i går og i dag.

Det er sjelden han er her med sitt helikopter, men når det skjer lander han som regel på parkeringsplassen foran ridestallene i bunnen av fjellsiden.

Vi har sett helikopteret der flere ganger under dette oppholdet, men sist vi så ham i ettermiddag hadde han parkert sitt helikopter på en liten, nedlagt flystripe noe kilometer lenger vekke. Kanskje mente han det var sikrere der i denne vinden.

Fra vår hus kan vi skimte både ridestallen og den lille flystripen.

På denne tid av dagen, like før solnedgang, sjekket vi i kikkerten begge steder uten at vi kunne se helikopteret. Var dette et tegn på at noe kunne ha hendt med ham i denne sterke vinden, eller hadde han allerede tatt av og dradd til et annet sted?

Vi vekslet noen tanker om det uten å komme til noen konklusjon. Det siste vi så var blålysene på politibilen helt på toppen av fjellet.

Neste dag fikk vi vite at helikopteret hadde vært parkert på flystripen hele den stormfulle natten, men på et sted som vi ikke kunne se fra huset.

Årsaken til at brannvesen og politi hadde tatt veien opp i fjellet fant vi aldri ut av.

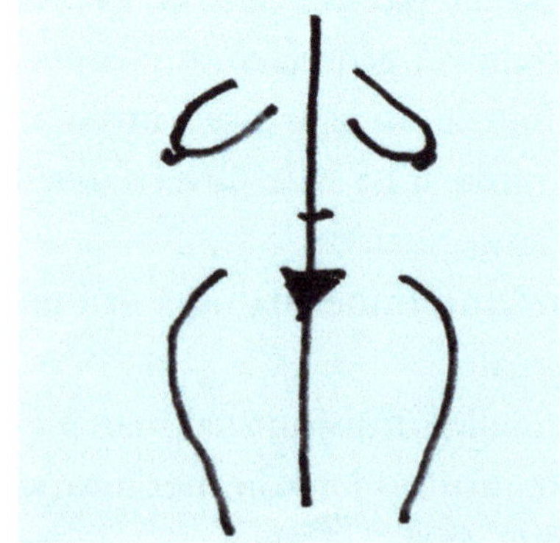

Klædt af til skindet

Legekontroll

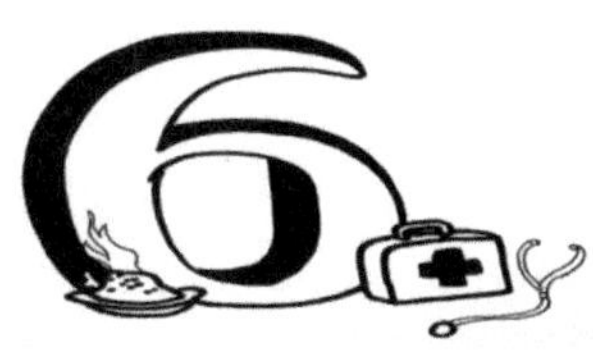

Jeg tok min årlige legekontroll i september forrige år. Det var da to år siden siste gang, så jeg må innrømme jeg var litt nervøs. Ettersom jeg har passert seksti tror jeg det mer enn noen gang er viktig med en full kontroll hvert år. Alt viste seg å være i orden bortsett fra blodtrykket som var for høyt.

Ikke på noen måte alarmerende, men nok til at doktoren gjerne ville ta en titt på situasjonen en måned senere for å se om jeg skulle begynne med piller for å holde situasjonen i sjakk.

Dette var første gang jeg mottok en lignende melding så det er unødvendig å nevne at jeg ble noe oppskaket.

Ettersom jeg som nevnt aldri har vært i en slik situasjon og selvfølgelig ikke likte den, spurte jeg min kone om det var noe jeg kunne gjøre i matveien for å dempe blodtrykket.

Alle er vel kjent med at overvekt er en viktig faktor og at en riktig diet kan hjelpe.

Intet annet å gjøre enn å ta tyren ved hornene, utfordringen var klar.

Det å ta av noen kilo, jeg er ikke overvektig, er jo bare et spørsmål om å spise mindre, så det mente jeg ikke kunne by på noen problemer.

Men, når man har en kone som er veldig glad i å lage mat og som for øvrig er en god kokk, er det lettere sagt enn gjort.

En ting er viktig å nevne om min kones matlaging og det er at hun trofast følger de store retningslinjene i kokebøkene og at de fleste av hennes kokebøker presenterer rettene for fire personer, så det er det hun lager mat for.

Jeg har selvfølgelig prøvd å fortelle henne at det er mulig å halvere ingrediensene, men forgjeves.

Jeg tror at ved å gjøre det ville hun bli distrahert og ellers ødelegge den fine halvtimen vi normalt har sammen på kjøkkenet mens hun tilbereder middagen.

Det er sikkert ikke vanskelig å forstå hvem som får storparten av maten når jeg forteller at min kone bare veier 54 kilo og at jeg er vokst opp i et ordentlig hjem hvor man lærte at man alltid skulle spise opp det som var på tallerkenen.

Vi diskuterte saken og som en av konklusjonene kom det frem at vi skulle spise mer fisk og begrense kjøttinntaket til en gang i uken.

Kaffe med melk ble det nedlagt totalforbud mot, sammen med en rekke andre mindre justeringer, som alle hadde med det gode å gjøre.

Viljestyrke har jeg aldri manglet, så det tok mindre enn fire uker å gå fra åtte-og-åtti og en halv kilo til tre-og-åtti og en halv, uten de helt store utfordringer.

Mitt neste møte med doktoren beviste at anstrengelsen var kronet med suksess. Blodtrykket var tilbake til det akseptable og jeg var naturlig nok veldig glad.

Nå er det bare et spørsmål om kontinuitet, noe som har vist seg å være langt mer krevende enn jeg trodde, med alle daglige fristelser.

Etter å ha tilbrakt både jul og nyttår uten å ha levd opp til vår diet, men stadig med et rimelig antall golfrunder, regnet jeg med at tingene allikevel ville være i orden.

Men, den gang ei, da jeg i morges gikk på vekten og så tallet fem-og-åtti, minnet det meg om at ting ikke kommer av seg selv, de må kjempes for.

Danish dynamite   *Jan Arnt 2017*

Røykestop

Det må ha hendt for hundrevis av millioner mennesker. Det hender antagelig for mange millioner hver dag. Vel, det er flere ting som hender for en masse mennesker hver dag, men det jeg har i tankene er alle de som våkner opp om morgenen og sier til seg selv at i dag skal jeg slutte å røyke. Hvorfor jeg sier at det sikkert hender for mange millioner hver dag og at det stadig fortsetter å være så mange, er selvfølgelig at deres intensjoner er å slutte.

Dessverre er det når alt kommer til alt bare noe ganske få som klarer det.

Jeg antar at ideen om å slutte ikke skjer over natten, det er en pågående prosess, men den dag kommer hvor aksjon skal tas: i dag skal jeg slutte å røyke.

I vårt firma har jeg støttet en rekke forsøk blant ansatte på å slutte og har betalt for alle mulige kurs og "stump røyken" kampanjer.

Normalt var avtalen at halvparten av kursutgiftene skulle tilbakebetales hvis de som deltok startet å røyke igjen før seks måneder etter at de stoppet.

Det ble aldri til at det ble krevet tilbakebetaling, men hadde vi i henhold til avtalen krevet det, ville vi i henhold til avtalen i hvert fall ha spart store deler av utgiftene.

Utover kursavgifter innebar kampanjene selvfølgelig også kostnader i form av tapt arbeidsinnsats ved å holde disse gående.

Ikke misforstå meg, jeg er klart for at røykere bør forsøke å stoppe denne uvanen, som ikke bare er skadelig for helsen men også en stor ubehagelighet for ikke røykere som befinner seg i nærheten.

Det er dessverre min triste erfaring at vi ikke røykere levnes lite håp om å kunne puste i frisk luft, hvis vi da ikke distanserer oss fra røykerne.

Selv om de fleste røykere i dag tar hensyn til ikke røykere, er det fremdeles mange som mener de er i sin fulle rett til å røyke hvor og når de vil.

Mange bryr seg ikke i det hele tatt. Enten sier de det er for sent eller de har den merkelige innstilling at røyking bare vil skade andre, for i deres familie har man røykt i generasjoner og ingen i familien har dødd tidlig av den grunn.

Til en viss grad er det bare rimelig at man skal kunne bestemme over sin egen skjebne, selv om jeg har hørt om de enorme kostnadene som er forbundet med helbredelse av sykdommer som skyldes følgene av røyking.

Jo eldre jeg blir jo mer egoistisk må jeg innrømme jeg antagelig har blitt, og at jeg tenker mindre på helsen i denne sammenheng.

Jeg synes selv det er verst med lukten som røykere sprer rundt seg, både fra dem selv og deres klær. Ikke det at vi ikke røykere er luktfrie, men det er bestemt en annerledes lukt.

Når du er forelsket i en som røyker og du selv ikke ligger under for lasten kan det lett oppstå store utfordringer.

Jeg snakker om egne erfaringer, min kone er nemlig røyker.

Som sådan må jeg si hun gjør sitt ytterste for ikke å gjøre mitt liv vanskelig i den sammenheng. Ikke desto mindre, jeg vet at hun gjerne vil slutte, så når hun i morges kom med de famøse ord om at hun ville ta utfordringen, mottok jeg dem med største entusiasme.

Hun er ikke en som ofte kommer med bastante uttalelser, så jeg lyttet svært oppmerksomt.

Dagen gikk greit for seg helt til vi i ettermiddag satt i sofaen og så på nyhetene.

Der var den igjen denne dårlige lukten, men denne gangen fra bare en sigarett i løpet av hele dagen.

Bare tiden vil vise om hun vil dele skjebne med de millioner på millioner av mennesker som hver dag slutter å røyke.

Styrke:

Når det handler om styrke, vi tenker på stål-
men fremstå det kan som den mykeste ål.

Med varme kan mangt få andre former og
derved skapes det nye normer.
GM

Tennisturneringen,

Sammentreff skjer til alle tider, og hender langt oftere enn man kan forestille seg, sett fra et statistisk utgangspunkt.

Hva med for eksempel denne situasjonen? Har det ikke ofte hendt deg at du har ringt noen, for så å få vite at vedkommende på samme tidspunkt har forsøkt å ringe deg.

Selvfølgelig vil det til tider være slik at det er noe den du ringer til bare sier for å være hyggelig.

Snu rundt på situasjonen og tenk på de ganger det har hendt at du har mottatt en telefon fra noen som du nettopp skulle til å ringe til.

Uansett <u>dine</u> erfaringer, dette har ofte hendt meg.

Jeg tror vi alle vet at sannsynlighet er en del av statistikken.

Hva så med dette eksempelet som jeg er sikker på at mange identifiserer seg med.

Du reiser til en by i et annet land, en by du vanligvis ikke besøker. Du vandrer bortover hovedgaten og møter en nabo eller bekjent, eller en som du vet hvem er fra ditt eget hjemsted.

Hvordan er det mulig sett fra en statistisk vinkling?

Uten å gå nærmer inn i detaljene tror jeg det er her sannsynligheten kommer inn.

Ettersom vår CD spiller er inne til reparasjon og vi liker å lytte til bakgrunnsmusikk, blant annet når vi spiser middag, slo jeg på vår lokale TV kanal.

Vårt lokale kabel TV system har tjueto kanaler og en av disse viser stillbilder av stedet vi bor og ellers av spesielle begivenheter som skjer.

Denne kanalen spiller også normalt herlig musikk, så det var derfor jeg slo den på.

Grunnet strømkutt som skjer av og til i området, hender det at denne kanalen, hvis innhold styres av et computerprogram, stopper.

Når det skjer må denne startes opp igjen manuelt. Jeg har aldri før sett den stoppe på et bestemt motiv, normalt vil situasjonen gi et meningsløst bilde. Midt i middagen stoppet musikken og et bilde av alle deltagerne i den siste lokale tennisturneringen, "Trofeo los Elefantes" som vi sponser, ble stående på skjermen, mens musikken stoppet.

Dette i seg selv synes jeg var utrolig spesielt ettersom vi ikke hadde registrert noe strømbrudd og når vi forbauset ser på hverandre ringer telefonen. Min kone tok den og la i vei på fransk, hennes morsmål.

Ettersom jeg ikke snakker fransk var det rimelig lite jeg forsto av samtalen.

Det viste seg å være datteren til noen av hennes gode venner fra mange år tilbake i tid, lenge før jeg møtte henne. De pleide å ha et hus i området men flyttet for flere år siden.

Deres datter pleier å ringe, kanskje en gang i året, ettersom hun er glad i min kone og bortsett fra det setter stor pris på vårt område.

Du ser kanskje ikke umiddelbart sammentreffet, men for oss var det meget spesielt når musikken stoppet, som etter ordre, på det spesielle bildet bare sekunder før telefonen ringte.

Med min kone i telefonen måtte jeg allikevel ha slått av musikken.

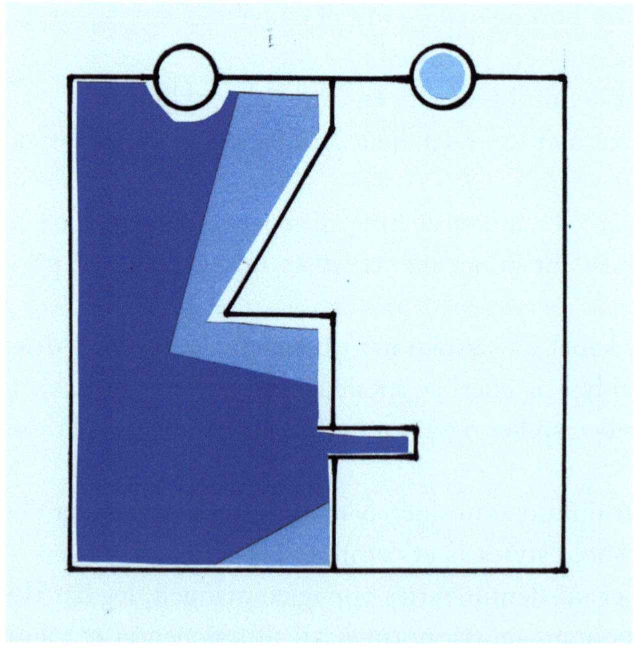

Tvetydige tanker   *Jan Arnt 2017*

Hyundai Coupe

Dagen har vært full av hendelser og blant dem en som ikke skjer særlig ofte. Dette var dagen da vi bestilte vår nye bil. Vi har i lengre tid gått med planer om å anskaffe en firehjulsdrevet bil. Stedet vi bor, som ligger en snau halvtimes kjøring fra Middelhavet og fire hundre meter over havet, gir oss uendelige muligheter til å foreta utflukter i fjellene bak oss.

Dette trigget ideen om ny bil allerede for lang tid siden.

Sist sommer så vi for første gang en skriftlig presentasjon av den fremdeles ikke lanserte Hyundai Santa Fe.

Ettersom min kone allerede har en Hyundai Coupe som vi er veldig fornøyd med, og det samme med verkstedet og den generelle servicen, bestemte vi oss for å vente til den nye Santa Fe'en kom på markedet.

Mens vi var hos arkitekten for å hente tegningene av vårt nye prosjekt på tjue småhus, ringte telefonen.

Det var forhandleren av Hyundai som ringte fra sitt kontor i den lille byen som heter Cuevas de Almanzora.

Han kunne stolt fortelle at han den samme formiddagen hadde mottatt det første eksemplaret av det han karakteriserte som det nye vidunder og spurte om vi hadde lyst til å ta en titt på den.

Ettersom arkitektens kontor ligger halvveis mellom der vi bor og Hyundai forhandleren, bestemte vi oss omgående for å avlegge et besøk.

En halv time etter å ha sett bilen forlot vi forhandleren etter å ha undertegnet kjøpekontrakten på en sølvgrå ett hundre og sytti hestekrefters firehjulsdrevet Santa Fe, som antagelig blir levert i februar.

Vi var også meget fornøyde med den første layouten på de nye husene som vi hadde hentet hos arkitekten, så alt i alt synes vi så langt at det hadde vært en fin dag.

Men, som nevnt, min kone er mitt i prosessen med å slutte å røyke og har derfor hatt litt humørproblemer. Jeg har på toppen av det hele en rekke distraherende tanker sirkulerende rundt i hodet, så jeg må innrømme at jeg ikke har vært til særlig hjelp og støtte for henne.

Den godt fremskredne annonserte måneformørkelsen skulle skje litt før klokken ni om kvelden, så jeg hadde satt frem teleskopet for å ta en nærmere titt på fenomenet.

Vi hadde nettopp spist middag da jeg kunne se den første skyggen på månen.

I samme øyeblikk ringer min datter for å fortelle at hun hadde vært på graven til Nicoline, hennes to år eldre søster, som døde av kreft for elleve år siden bare tjuesju år gammel.

På graven var det allerede plassert flere lys, niende januar var hennes geburtsdag.

Uten at jeg nevnte noe minnet hun meg om sammentreffet av Nicolines geburtsdag og den pågående måneformørkelsen.

Etter at samtalen var over tok jeg en siste titt i teleskopet idet månen var på vei til helt og forsvinne i skyggen av jorden, mens tårene rant stille nedover kinnene.

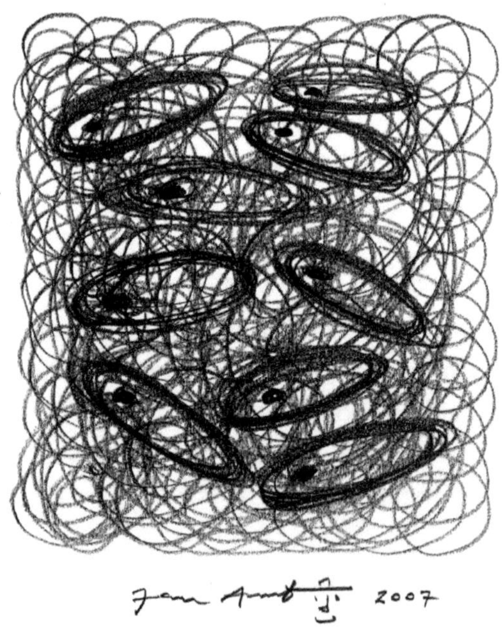

Amøben tænker tanker

Rebajas

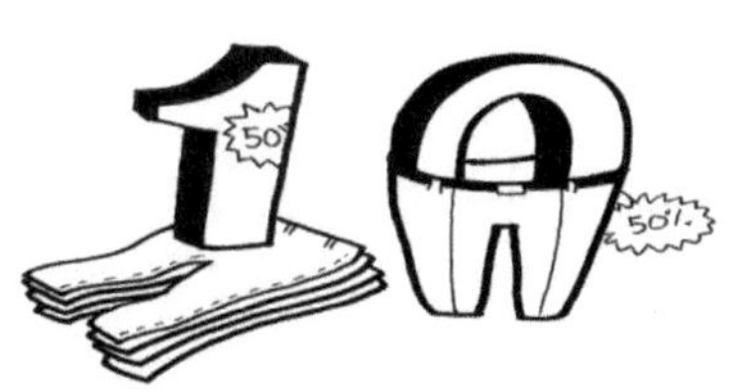

I Spania kalles det rebajas. På engelsk er det sales. De vanligste tider for disse rabattene er i begynnelsen av året og etter sommerferien. Dette er sikkert forskjellig fra land til land, men det er forbausende å se hvordan vi kunder blir manipulert. Jeg mener ikke nødvendigvis på en negativ måte ettersom jeg tror jeg forstår at de er med på å få det store økonomiske hjul til å rotere.

Noe som imidlertid er interessant er at hvis du besøker visse butikker og magasiner, vil du finne en rekke produkter som de vanligvis ikke har i sin portefølje, lagt ut for salg.

Med andre ord har jeg en følelse av at dette er tiden hvor eksisterende lager er solgt ut for å gi plass til nye varer, men også tiden hvor spesielt produserte varer for rabattsalg blir tatt inn til lager.

Uansett, det er likegyldig for meg ettersom jeg stort sett bare kjøper ting når jeg har bruk for dem og ikke fordi jeg utsetter kjøpet i påvente av rabattsalg.

Når jeg i begynnelsen av november i fjor fant ut at jeg var fire til fem kilo lettere enn måneden før og ihvertfall slik jeg ser det i dag, at jeg har tenkt å forbli i denne tilstanden, betyr det at jeg ikke lenger kan bruke mine gamle bukser som nå er blitt altfor store rundt livet.

Ettersom vi lever mer eller mindre på landet med bare tre småbyer som naboer, har jeg for lengst funnet ut at skal det handles klær så skal det skje i Almeria, en by med rundt 170.000 innbyggere, cirka tre kvarters kjøring hjemmefra.

Det føltes bra den dagen jeg hadde kjøpt fire par bukser, to til sporty bruk og to litt mer elegante.

Det er unødvendig å forklare at alle ble kjøpt til full pris uten snakk om rabatter.

Det er sikkert enkelt å forstå at jeg hadde det bra når jeg hengte de gamle buksene i kjelleren.

De ble ikke kastet, tross alt vet man aldri hva som kan hende.

Dette skjedde allerede for et par måneder siden og til tross for, julen tatt i betraktning, litt vanskeligheter med vektkontrollen, er jeg igjen i riktig rute.

I dag hadde vi en del andre ærend i Almeria, så mens min kone gjorde noe annet la jeg turen til Cortefiel, min foretrukne klesforretning, for å kjøpe noen flere bukser.

Min kone er mye mer oppmerksom enn meg når det gjelder rabatter og ettersom det nå var tiden, sendte hun meg av sted for å benytte anledningen.

Når jeg så at nesten alt i forretningen var redusert til halv pris fikk jeg blod på tann og satte i gang. Selvfølgelig var forretningen temmelig full, noe som betød at det var lite hjelp å få.

Ikke desto mindre, jeg gikk i gang som best jeg kunne og endte opp med to nye par av en litt mer elegant type og tre litt mer sporty, alle av merket Cortefiel. På toppen av det hele kunne jeg ikke motstå en blå Yves Saint Laurent skjorte, også til halv pris.

Vel hjemme igjen og i godt humør prøvde jeg dem på en etter en, slik at min kone kunne justere lengden. Dette gjør hun midlertidig med knappenåler, så vi senere kan ta dem med til sydamen i vår nærmeste landsby, Turre.

Ettersom sydamen er konen til postmannen, som arbeider fra et hull i veggen og er åpen bare to timer om dagen, er det veldig enkelt for oss å både levere og hente småjobber som dette der.

Leverer vi sakene direkte til henne, forstår jeg at min kone må beregne minst en halv time til dette, selv om de bor bare hundre meter fra ”postkontoret”, da hun av høflighets-grunner ikke kan slippe unna oppdatering av den siste sladderen.

Jeg startet med de to litt mer elegante som jeg også hadde prøvd i forretningen. Noen få centimeter kortere og de blir helt supre.

Den første av de litt mer sportslige som jeg også hadde prøvd i butikken måtte også kortes noen centimeter for å passe.

De to neste parene, som jeg ikke hadde prøvd ettersom de hadde samme størrelses-nummer som den første, viste seg imidlertid å være ett nummer for små fordi de hadde en annerledes front enn de andre.

Uansett, jeg bestemte meg for ikke å bytte dem, noe jeg kanskje allikevel ikke kunne få gjort da de jo var kjøpt på salg.

Å beholde dem kunne jo gi meg ett ekstra incitament til å tilpasse meg, noe som kun ville være til min fordel.

Soneterapi

Jeg vil anta at de fleste av oss har erfart å ha en dårlig rygg noen ganger i livet. Det samme har jeg, men kanskje litt mer enn gjennomsnittet. Riktignok har jeg hatt noen stygge fall på ski og noen andre selvpåførte skader opp gjennom årene, som nok også kan være en medvirkende årsak. Allerede når jeg var midt i tjueårene ble det tatt røntgenbilde av ryggraden, som allerede den gang visstnok ikke var i særlig god forfatning.

Det å spille golf tror jeg ikke er et problem hvis man bare kan svinge uten å bruke for mye krefter, noe du etter boken heller ikke skal.

Men, uheldigvis, siden min kone og jeg tok et golfkurs hos "David Leadbetter Golf Academy" på høsten av nittini, har jeg hatt store utfordringer med mitt golfspill.

Jeg bruker altfor mye krefter, noe som direkte har ført til ryggproblemer. Det å spille mer avslappet er lettere sagt enn gjort, men jeg arbeider med saken.

Har for lengst lært å leve med ryggen min, men jeg har også forsøkt å gjøre noe med den.

I vår nærmeste lille by Garrucha holder en ung dame som heter Lillian til. Fra et lite lokale i hovedgaten driver hun et parfymeri.

Hun er egentlig fra Tsjekkoslovakia, men har allerede levd her i mange år.

I underetasjen i hennes lokale har hun alle de fasiliteter som skal til for å drive massasje.

Jeg tror egentlig hun er spesialisert i soneterapi, men ettersom jeg nå gjennom et godt stykke tid har benyttet henne til massering av ryggen, mener jeg hun er like kvalifisert til denne formen.

Hvis jeg bare hadde hatt anledning til å gå til henne forrige høst, den gang jeg følte at det var virkelig nødvendig, ville jeg antagelig ha det mye bedre i dag enn jeg har det.

Uheldigvis for henne, idet hun skulle redde sin lille datter fra å falle ned trappen til underetasjen snublet og falt hun og brakk begge bena.

Alt gikk bra med den lille datteren, mens hun selv ble sendt til sykehus med store smerter.

Skadene var alvorlige og hun gikk gjennom en lang periode med store ubehageligheter.

Selvfølgelig syntes jeg veldig synd på henne den dagen jeg gikk innom forretningen for å lage en massasjeavtale og fikk høre om ulykken, men må innrømme at jeg syntes litt synd på meg selv også, nå uten mulighet til å få orden på ryggen.

Jeg fikk høre at hun først ville være tilbake ved juletider, knapt nok gående, og langt fra i stand til å foreta massasje.

Ikke desto mindre, i dag var dagen hvor hun igjen kunne starte og jeg var hennes første kunde.

Kommer aldri til å forstå hvordan hun, antagelig i begynnelsen av sine tretti og med sin slanke figur, tilsynelatende uten noen spesielt store muskler, kan ha sånn styrke.

Det er ikke vanlig at jeg dropper noen smertetårer med kvinnelig tilstedeværelse, men på hennes massasjebenk hender det at jeg må be henne gå litt mer varsomt frem for å unngå å gjøre det.

Vel, jeg er nå på listen for en serie sesjoner og håper at jeg igjen kan treffe ballen uten for store smerter.

Høvdingen tænker   Jan Arnt 2017

Landsbyer

"Tutto il mondo è un paese", er et utsagn jeg hørte første gang i Italia den gang jeg gikk på skole der på slutten av femtitallet. Det betyr direkte oversatt, "hele verden er ett land", eller med andre ord; mer eller mindre, hvor du enn befinner deg i verden vil du oppleve at det meste tross alt er svært likt.

Sammenligningen blir lettere når man holder seg til landsbyer.

Selvfølgelig finner man forskjellige raser og kulturer, men bryter du det ned til individene, tror ihvertfall jeg at du finner det samme mønster i forskjell og oppførsel, samt politikk med mer.

Dette gjelder sannsynligvis ikke i de tilfellene hvor "landsbyer" er bebodd av mennesker som er tiltrukket av stedet på grunn av dets sosiale status, ettersom menneskene da mest sannsynlig vil være mer like hverandre.

Prinsipielt tror jeg det i utgangspunktet finnes to forskjellige typer "landsbyer".

Den ene er den hvor mennesker har levd i generasjoner og fortsetter å gjøre det.

Nye generasjoner tar over etter de gamle, men mønsteret fortsetter.

Noen familier snakker ikke sammen av grunner som ikke nødvendigvis har med de helt store problemer å gjøre, men som ofte dreier seg om dumme små ting som hendte mellom de angjeldende familiene generasjoner tilbake i tid.

Vel, det kreves alle typer mennesker for å danne en "landsby".

"Hele verden er ett land".

Så har du den andre, som representerer relativt nyetablerte "landsbyer". Et eksempel på dette kan være en urbanisasjon i det sydlige Europa hvortil mennesker søker, enten for å tilbringe sin pensjonstid, stort sett under skyfri himmel med etterlengtet varme, eller for yngre mennesker å tilbringe sine ferier.

Slike steder vil naturlig nok ikke ha mange og lange tradisjoner å lene seg til, mens selve mønsteret av sosialisering nok stort sett vil være det samme, skulle jeg tro. Man vil tidlig se at noen mennesker samarbeider bedre enn andre, danner grupperinger og synes å være svært fornøyde.

Man vil også finne de som de fleste i "landsbyen" misliker og man finner dem som prøver å bygge bro over forskjellene.

Avhengig av alderen på slike "landsbyer" vil man oppleve, ettersom tiden går, at noen mennesker av ubestemte grunner ikke finner seg til rette og forlater stedet, noe som åpner for andre til å slippe inn.

"Hele verden er ett land".

I dag var vi invitert i et selskap til noen mennesker som vi har kjent i lang tid og som bor et par mil fra vår urbanisasjon. De er noen av de få vi kjenner som et par ganger i året samler rundt tretti mennesker til slike sammenkomster.

Ved denne anledning hadde de basert seg på å benytte catering, så vi ble servert et stort utvalg av mat og god vin.

Jeg ville tro vi kjente rundt en tredel av gjestene, men vi ble også presentert for mennesker som enten var besøkende av vertskapet, eller mennesker fra området som vi ikke hadde møtt tidligere.

Ganske tidlig kunne man observere at vi stakk våre hoder sammen med dem vi normalt har kontakt med, selv om vi nok prøvde å få nærmere kontakt med dem vi ikke kjente.

Det samme gjaldt for flere andre.

På et tidspunkt spurte jeg et engelsk par som jeg aldri hadde sett før, om de var på besøk eller om de bodde i området. De fortalte at de hadde kjøpt et hus i området for fire år siden, som de hadde restaurert.

På mitt neste spørsmål om de kjente mange av gjestene var svaret at det bare dreide seg om noen ganske få.

De fortalte også at de kjente veldig få mennesker i området, til tross for at de altså hadde tilbrakt fire år der.

Uansett, de ga inntrykk av å være tilfredse med situasjonen, med eller uten venner.

En god ting med oss mennesker er at vi ikke alle er like, men allikevel,

"Hele verden er ett land".

La Envia

Vi våknet til en frisk og nydelig dag og bestemte oss for å spille golf. Fordi det ikke er noen golfbaner i nærheten av der vi bor, har vi nå i mer enn fem år vært medlemmer av en golfklubb som ligger en times kjøring hjemmefra, lenger nede langs kysten. Godt ute på motorveien, etter å ha stoppet i vår lokale landsby omtrent seks kilometer ned mot kysten for en "tostada" og en kopp kaffe, og for at min kone skulle kunne kjøpe sin daglige spanske avis. Tilbake i bilen igjen begynte hun å lese.

Hun forteller meg om hendelser som hun har festet seg ved og som hun finner interessante, hvoretter vi utveksler meninger om dem.

De fleste innlegg hun refererer til har vi vanligvis allerede kjennskap til, enten fra internasjonal eller lokal TV. Uansett, denne rutinen forkorter kjøreturen.

Ettersom den første del av motorveien går gjennom en relativt lav fjellkjede kan vi ikke se snøen i Sierra Nevada på en klar dag, slik vi kan fra vårt hus på denne årstid.

Fra der vi er på motorveien tar det oss ytterligere omtrent tjuefem minutter før vi, langt ute og oppe på høyre side, kan se det hvite snø-lokket som dekker Sierra Nevada med sine velkjente ski-områder.

Til venstre litt før dette kan vi skimte Cabo de Gata, det punktet på den iberiske halvøya som stikker ut i havet på den sydøstlige del av Spania.

For meg virker det som om alle skip passerer dette punktet relativt nært land.

Jeg mener å ha lagt merke til at denne trafikken bare skjer på vei innover i Middelhavet. Antagelig har de en annen rute når de kommer innenfra. Dette kan selvfølgelig også ha noe med strømforholdene å gjøre.

Selv om det er lørdag i dag, kan jeg se fire fem eller seks tankere, lasteskip eller containerskip, på en lang linje langt der ute i horisonten. Antar at avstanden mellom dem må være mange kilometer.

Har selvfølgelig ingen grunn til tro at trafikken er forskjellig på de forskjellige ukedager. Jeg tror at strømmen av skip er jevn, men det er også mulig at de kommer i puljer.

Når jeg tenker på det ser jeg alltid etter dem når jeg kjører denne strekningen og det gjør vi stort sett tre ganger i uken når vi drar til La Envia for å spille golf.

Egentlig betyr det at vi passerer stedet seks ganger i uken.

Jeg må tilføye at hvis man ikke virkelig ser etter skipene vil man ikke oppdage dem.

Tross alt er Alboran bukten i seg selv så stor, at det sikkert er en god mil fra motorveien og ut til selve Cabo de Gata og sikkert mange kilometer derfra og ut til skipsleden.

Forutsetningen for å legge merke til dem er også at været er rimelig klart.

Alt dette får meg til å tenke på den enorme mengde gods som blir transportert sjøveien.

I løpet av en uke må det ihvertfall være hundrevis av store skip som passerer denne strekningen.

Hvis man tar i betraktning alle land rundt kysten av Middelhavet og all den trafikken som går gjennom Suezkanalen for å bringe gods til og fra Østen, ville det ikke forbause meg om dette er en av de travleste skipsruter i verden.

På veien hjem etter en praktfull golf dag, talte jeg seks store nye skip. Dette får meg til å tenke at hvis dette er normal trafikk så snakker vi ikke om hundre, men om mange hundre skip som passerer hver uke.

Jeg ville tro at gjennomsnittsprisen for disse skipene ligger på godt over et hundre millioner dollar, så da blir det jo et slags penger ut av det, bare for den rekken av skip som jeg nå skimter i det fjerne.

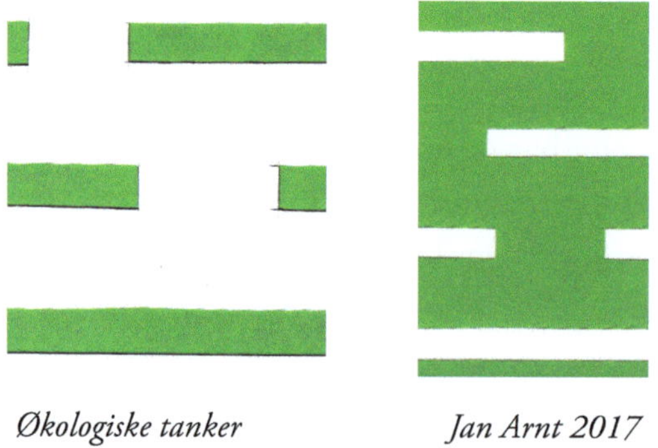

Økologiske tanker　　　　　*Jan Arnt 2017*

Lucainena

Vi må ha passert stedet på motorveien mange hundre ganger. Landsbyen Nijar er plassert i en åpen dal mellom to rekker av relativt lave fjell, ikke mer en fem kilometer fra der hvor vi passerer på motorveien. Jeg kan ikke på noen måte huske hvor mange ganger vi har sagt at vi en dag må ta en nærmere titt på stedet, men det er riktig mange.

Noen av våre venner har fortalt oss at ovenfor Nijar ligger det en sjarmerende landsby, absolutt verdt et besøk.

Ikke bare for sin sjarm, men også for sin utsøkte restaurant, hvortil mange kommer langveis fra for å nyte de lokale kulinariske spesialiteter.

Vi har i flere år hørt om denne landsbyen og har trodd at det må være den vi kan se fra motorveien som en hvit klynge av hus lenger opp i dalen over Nijar.

Den ser adskillig mindre ut, noe som kan komme av distansen, men er helt nydelig der den ligger i naturen og derfra må det være en fantastisk utsikt ned mot Cabo de Gata.

Det siste bare hvis du er tolerant overfor den moderne utvikling av plast drivhus som dekker et enormt område på det meste av flatlandet nederst der hvor dalen slutter.

Etter en fredelig og avslappet morgen bestemte vi oss for å utforske både Nijar og den meget omtalte lille landsbyen ovenfor.

Vi hadde ingen intensjoner om å ha lunch på restauranten, men fant vi den slik andre har beskrevet, ville vi gjøre det en annen gang.

Min kone husket at navnet på landsbyen med restauranten var Lucainena, så straks vi kom til Nijar som vi ikke mente det var interessant å avlegge en nærmere visitt, begynte vi å se etter veien opp til Lucainena.

Kjørende gjennom en trang gate i Nijar så vi et skilt og fulgte anvisningen til høyre.

Som nevnt trodde vi at dette var den landsbyen som vi fra motorveien kan se høyere oppe i dalen og regnet med at vi ville være der om fem ti minutter.

Veien vi kjørte på bar preg av å være gammel og ganske smal, men allikevel asfaltert.

Alderen dømte vi ut fra alle reparasjonene vi kunne se i form av asfaltflekker i forskjellige sjatteringer i grått.

Merkelig nok gikk ikke veien videre opp i dalen som vi hadde trodd, men rundt fjellet på høyre side av Nijar.

Når dette var oppdaget trodde vi først det dreide seg om å kjøre rundt fjelltoppen for å nå stedet, men fant snart ut at landsbyen vi trodde var Lucainena var en annen.

Ettersom vi ikke hadde passert andre avkjøringer visste vi imidlertid at vi var på riktig vei.

Naturen besto av lite vegetasjon, bare de karakteristiske små-buskene.

Veien brakte oss høyere og høyere opp i fjellet og helningen ned fra veien ble bratter og brattere.

Selv om jeg kjørte sakte, kunne jeg se at min kone slett ikke hadde det godt. Ingen av oss er høydesterke, men ble det bare ikke verre skulle det nok gå bra, tenkte jeg.

Vi må ha kjørt mer enn ti kilometer fra Nijar før vi nådde veiens høyeste punkt. Selve fjelltoppen vurderte jeg til å være nærmere tusen meter over havet, nesten like høyt som fjellene bak vår urbanisasjon.

Når vi startet nedturen på den andre siden forandret naturen seg dramatisk, den ble grønn og vennlig og med en storslått utsikt over en enorm høyslette med en ny fjellkjede på den andre siden.

Denne høysletten kjenner vi godt da vi har kjørt den mange ganger på vei til Guadix, hvor vi møter motor-veien til Granada og videre til den vestlige delen av Andalucia.

Bortsett fra noen få ”fincas”, spanske land-hus, spredt rundt på høysletten, så vi ikke tegn til landsbyen vi hadde som mål, inntil vi helt plutselig rundet en sving og fikk den i øyesyn.

Den lå nydelig og naturlig plassert under et enormt bratt og taggete fjell-utspring.

Da vi nærmet oss så vi store områder med plantede mandeltrær i full blomst og ellers mye kultivert land.

Skiltet med Lucainena viste at vi endelig hadde nådd målet for dagens utflukt, som istedenfor som vi trodde, bare å være noen kilometer fra Nijar, viste seg å være nøyaktig tjue kilometer derfra og på den andre siden av fjellet.

Når vi kjørte inn i landsbyen så vi straks skiltet med Venta el Museo, den anbefalte restauranten.

Som nevnt tidligere var ikke hensikten å ha lunch der, så etter en nærmere titt på restauranten, som så riktig trivelig ut og full av mennesker, tok vi en spasertur rundt i den sjarmerende lille oasen under bergkammen.

Etter det fortsatte vi en kjøretur på rundt fem kilometer før vi kom inn på hovedveien. Etter nye tjuefem minutter var vi igjen hjemme i vårt eget Shan-gri-la.

Asymetriske tanker

Fede tanker   *Jan Arnt 2017*

Brannen

Siste gang det hendte var under brannen i august nittini. En meget stor del av fjellet var i flammer, men heldigvis, den sentrale delen av vår urbanisasjon unnslapp skader.

Villaene rundt slapp imidlertid ikke så lett Riktignok ble de fleste husene spart, men noen få ble totalt ødelagt.

Brannen startet omtrent ti kilometer oppe i fjellet og varte i tre dager.

Det ble sagt at den ble startet med vilje, men til nå har ingen blitt arrestert.

I nesten to dager arbeidet politiet med å evakuere innbyggerne for så å stenge all tilgang til hele urbanisasjonen.

Ettersom min kone er agent for et britisk forsikringsselskap som dekket noen av de skadede husene, var hun i uker etter brannen involvert i å sortere ut krav og forhandle med selskapet på vegne av sine klienter.

Det som hendte dagen etter at vi kunne returnere, var at et TV team kom for å ta en nærmere titt på skadene. Det var ikke meldt på forhånd at de kom, de bare dukket opp mens vi var i et utbrent hus sammen med noen representanter for forsikringsselskapet. Plutselig befant hun seg foran kameraet og ble intervjuet om stedet og brannen.

Hvis du ikke er vant til situasjonen kan det enkelt ende opp med at du sier noe du angrer på, eller simpelthen blir paralysert. Intet i den retning, hun gjorde en fin figur, ja, man kunne faktisk ha trodd at hun var rutinert på denne type reportasjer.

Kun når jeg kom til å tenke på at hun i sine yngre dager arbeidet som profesjonell modell, forsto jeg at hun var vant til å være i rampelyset.

Mobilen ringte umiddelbart etter at vi, i morges, hadde vært i et møte i en nærliggende landsby. Det var vårt salgskontor som ringte for å si at de hadde besøk av en kvinnelig TV produsent og en kameramann. Hun snakket med dem over telefonen og arrangerte et møte på en kaffebar som vi ofte besøker nede ved sjøen, en halvtime senere.

Ettersom vi ankom baren først var det enkelt å gjenkjenne dem når de kom, han bar på et stort videokamera med stativ.

De representerte en ny digital TV stasjon med fjorten kanaler, i Barcelona, og arbeidet for en av dem som var spesialisert på reiser.

TV produsenten hadde lest en artikkel i El Pais om vår spesielle urbanisasjon og hadde vært oppe i Cabrera i formiddag og gjort opptak fra hele området. Nå gjensto bare å gjøre et intervju med noen som kunne fortelle om stedet og dets historie. Det skulle bare vare noen minutter, men var essensielt for reportasjen.

Minutter senere ble det avgjort at intervjuet skulle skje der og da.

De foreslo at vi skulle finne en palme eller noe annet grønt som bakgrunn for opptaket.

Rett rundt hjørnet fra der vi satt var det en liten plass med en enorm kaktus samt noen busker.

Dette var ifølge produsenten perfekt og opp av bagen kom mikrofonen som så ble plugget til kameraet, så der befant hun seg foran linsene igjen, i gang med å fortelle historien om vårt kjære Cabrera og hvorfor arkitekturen var en blanding av maurisk og andalusisk, samt mye mer.

Ettersom jeg ikke sto lenger fra enn at jeg kunne følge med, var jeg veldig imponert over både det jeg så og hørte. Jeg forsto det meste selv om min spansk er ganske rusten, mens hennes i motsetning til min er flytende etter å ha levd i nesten tretti år i området.

Dette egner seg når som helst til gjentagelse.

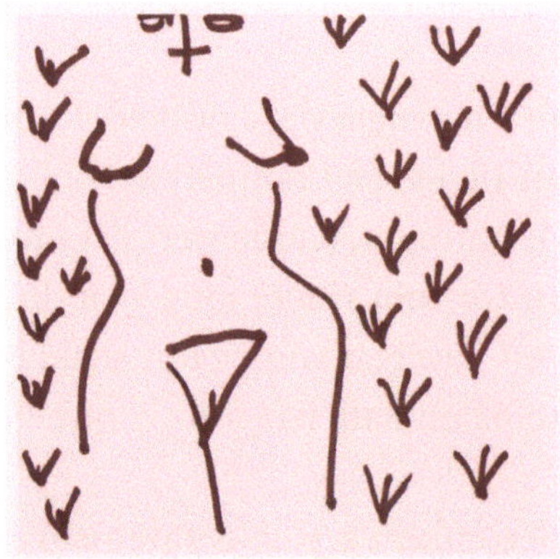

Lystige tanker   Jan Arnt 2017

Ford Fiestaen

På vår vet til Notarius Publicus kjørte vi i den tretten år gamle Ford Fiestaen, fordi Hyundaien er inne på verkstedet i noen dager av grunner jeg skal komme tilbake til.

Selv om Fiestaen er gammel, har den ikke mer enn seksti tusen kilometer på ryggen og fungerer aldeles utmerket.

I midten av en sving så jeg at en lastebil som kom mot meg, plutselig passerte den hvite midtstreken og kom over på min side.

Min kone holdt på å gjennom posten som vi nettopp hadde hentet på postkontoret og var derfor ikke klar over hva som var på vei til å skje.

Instinktivt svingte jeg så langt til høyre jeg kunne uten å kjøre utfor veien og unngikk lastebilen med minimum klaring.

I samme øyeblikk så jeg at det var den lokale vanntransporten, den som henter drikkevann i elveleiet som går forbi utkanten av vår urbanisasjon.

Ettersom vi til stadighet møter ham har jeg lenge vært irritert over måten han tror han eier veien på, slik som han bevisst sperrer for bakenforliggende trafikk og aldri slipper noen forbi.

Man kan tenke seg følelsen når man ligger bak ham på vår smale lokale vei etter at han nettopp har fylt opp tanken og knapt når en hastighet på tjue kilometer i timen.

Min kone reagerte på min brå sideveis manøver, så jeg fortalte henne hva som nær hadde skjedd.

Hun minnet meg på at dette var tredje gang på under en måned vi var i en "nesten situasjon" mens vi kjørte.

Jeg har kjørt bil i mer enn førti år og har aldri vært involvert i annet enn små skraper, og det har ikke hun heller i hennes tid med sertifikat.

Jeg utvider herved, i ærlighetens navn, mine engasjement til også å innebære mindre bulker.

Den første av disse "nesten situasjonene" skjedde mens vi, to dager før julaften, kjørte på motorveien mot Arcos de la Frontera i den vestlige delen av Andalucia. Vi nærmet oss Malaga og det regnet, noe det sjelden gjør, ganske kraftig.

Jeg tenkte, av gammel erfaring fra Norge når det regner kraftig, at vannplaning er en farlig utfordring, så farten ble tilpasset etter forholdene.

Dette så imidlertid ikke ut til å affisere de fleste spanjoler, ettersom er rekke biler passerte oss i en fart på minst ett hundre og femti kilometer i timen.

Det er bare en farlig sving på motorveien på nordøstsiden av Malaga, når man tar kystruten. Den er permanent merket med tydelige fareskilt og fartsbegrensende sådanne.

Jeg må ha holdt rundt åtti i høyre fil idet jeg kommer ut av svingen.

I speilet, som jeg stadig ser i, oppdager jeg plutselig en bil som ligger på utsiden av min venstre bakskjerm. Den gjør i samme øyeblikk en tre hundre og seksti graders rundtur på sine fire hjul og vi kjenner en liten risting i bilen, som om noe hadde truffet oss.

Mens jeg bremset forsiktig spurte min kone om vi hadde kjørt over noe, hvortil jeg svarte benektende. Mens jeg bremset så jeg at bilen bak tok enda en full rundtur før den smalt inn i autovernet og spratt tilbake til midten av de to kjørefilene.

Jeg stoppet godt ute på høyre side noen hundre meter lenger fremme og så mange biler som bremset opp og passerte den ødelagte, på begge sider.

Etter hvert stoppet det meste av trafikken opp og noen var i gang med å organisere kaoset. Vi gikk ut for å ta en nærmere titt på bilen vår og oppdaget straks at det mest utrolige hadde skjedd.

Etter den første rundturen hadde den angjeldende bilens front, bare så vidt truffet venstre bakskjerm og bare etterlatt en minimal bulk og litt blåfarge på vår røde Hyundai Coupe.

Rystet med tanken på hva som kunne ha skjedd hvis han hadde truffet oss bare en halvmeter lenger fremme satte vi oss inn igjen og fortsatte turen.

Det er noe med uttrykket "å være på feil sted til feil tid". Det var ikke vår tur denne gangen, men nærmere kan man vanskelig komme.

Vi dvelte lenge over hvilken fart han må ha hatt, men under hundre og femti var det neppe.

Vel hjemme til Nyttårsaften og starten på to tusen og en.

En av de første dagene på nyåret måtte vi en tur til Almeria.

På motorveien og med en skyfri himmel nærmet vi oss en stor trailer.

Normalt har de en hastighet på rundt hundre og det hadde han også, mens jeg lå mellom ett hundre og tjue og tretti.

Idet jeg signaliserte at jeg ville passere, ser jeg at han er på vei over i min fil, noe jeg fant merkverdig da han ikke hadde noen foran seg.

Jeg slakket på farten bare for å oppdage at han svingte over i høyre fil igjen og deretter sidelengs inn i det metalliserte autovernet på høyre side.

Gnistene sprutet i flere sekunder før han igjen kom seg tilbake i riktig fil. Jeg tok etter hvert god tid til å passere ham, kun for å oppdage at sjåføren satt med et stort kart foran seg over rattet og at traileren kom fra Belgia.

Denne gangen hendte det heldigvis ingenting, men hadde vi vært på hans venstre side mens han sjekket på kartet hvilket land han befant seg i, er det ikke sikkert at dette kunne skrives.

To ganger har vår Hyundai Coupe blitt opp-skrapet mens den var parkert i en garasje i Almeria, så nå forstår du hvorfor den er inne for fiksing, og at vi kjører den gamle Ford Fiestaen.

Tanke skift   *Jan Arnt 2017*

Geburtsdag

Dette er en av de dagene hvor vi ikke har noen avtaler bortsett fra vår daglige visitt til byggeplassen. Vi besøker byggeplassen hver dag for å følge med på utviklingen av de åtte husene vi har under bygging. Byggmesteren viser oss rundt og normalt diskuterer vi aktuelle forhold knyttet til prosjektet. Vi bestemte oss for å la det bli en handledag.

Først dro vi for å hente CD spilleren som nå hadde vært inne til reparasjon i to uker.

Vi har bare gode erfaringer med verkstedet ettersom de tidligere har reparert to TVer og en forsterker for oss.

Vel, det viste seg at den ikke var ferdig da de hadde måttet anskaffe en ny laser pickup fra leverandøren. Den var allerede bestilt og var ventet i løpet av en uke. Uansett, jeg var glad for at de i det hele tatt kunne reparere den.

Det neste på listen var å hente noen bilder som var blitt innrammet.

De skulle vært ferdige allerede forrige fredag, men av grunner jeg ikke forsto når damen bak disken forsøkte å forklare meg det, ville de først være ferdige i ettermiddag.

Slett ikke verst tross alt, bare noen få dager forsinket.

Jeg er ikke den helt store "spender" på meg selv når det gjelder klær og andre personlige ting.

Som et eksempel har jeg i de siste tjue år bare brukt klokker som jeg enten har fått som julegave fra leverandører eller klokker som vårt firma til tider kjøper som gaver til spesielle kunder.

Jeg må allikevel innrømme at jeg en gang for omtrent tretti år siden kjøpte en ikke helt billig Rado klokke, under ett av mine besøk i Sveits. Jeg har den fremdeles, men stållenken som er en integrert del av klokken er utslitt og kan ikke repareres.

Min svigersønn, som er markedssjef i vårt firma, må ha registrert hva slags klokke jeg var utstyrt med. Til min seksti års geburtsdag ble jeg overrasket med en Omega klokke som gave fra firmaet.

Min kone må også ha reagert på det samme, for også hun gav meg en nydelig sveitsisk klokke, som i motsetning til den sporty Omegaen er av den typen man kun bruker ved spesielle anledninger.

Også når det gjelder solbriller har jeg bare kjøpt de rimelige utgavene, og stort sett barer når jeg har mistet de gamle.

Dette med ett unntak, også for omtrent tretti år siden.

Den gang var jeg ved en anledning leder for det norske landslaget i Skeetskyting, en form for leirdueskyting, til en internasjonal konkurranse i Montecatini i Italia.

Jeg brukte som unnskylding til meg selv at jeg trengte dem til min skyting og kjøpte et par originale Ray-Ban pilotbriller.

Helt til nå har jeg hatt dem, og siden jeg begynte å bo i Spania har jeg bare hatt disse. Nå, etter alle disse års bruk er de endelig utslitte etter en serie reparasjoner.

Både min kone og jeg benytter briller, jeg for både lesing og for å se TV, mens hun kun til lesing.

Forretningen vi benytter i den sammenheng har nettopp flyttet til den andre siden av gaten i nye moderne lokaler. Mens vi i dag gikk forbi, bestemte jeg meg for å fornye solbrillene og gikk inn. Overbevist om at jeg kunne slippe unna med et rimelig par begynte jeg å prøve forskjellige modeller.

Lang historie kort, etter tjue minutter kom jeg ut med et par ganske dyre av merket Porsche Design.

Litt lenger opp i gaten har Benneton også flyttet til den andre siden av gaten og når min kone så skiltet med "rebajas" i vinduet, var det som om en magnet dro henne inn.

To par bukser, en jumper og en genser ble det før vi var på vei igjen til den forretningen jeg setter høyest av alle i området.

Ferreteria Lopez er en utrolig forretning. Ferreteria betyr jernvare.

Hvis jeg sier at de selger absolutt alt er det selvfølgelig en sterk overdrivelse. Ingen Harrods eller El Corte Ingles i våre grisgrendte strøk. Alle former for verktøy, både elektriske og manuelle, skruer spiker, maling og leketøy, maskiner og alt for hagen, selv planter.

Alt i rør og fittings, kjøkkenutstyr med alle former for komfyrer, kjøleskap, televisjoner, CDer samt alle former for elektrisk utstyr.

Alt til kjæledyr og til og med klær; jeg kunne fortsette flere sider ned.

Vanligvis går jeg der alene for å finne siste nytt til hobbyrommet og ellers ting jeg "trenger", men i dag var vi altså sammen.

Vi trengte flere kleshengere til hennes nye bukser og til dem jeg kjøpte forleden dag.

Etter dette stoppet vi i "Parque Comercial" for å kjøpe fisk og grønnsaker før vi tok en "cafe americano" til henne og en "agua con gas" til meg på "plazaen"

Vi kom hjem tidsnok til å få med oss de spanske nyhetene klokken tre.

Tankeflugt   *Jan Arnt 2017*

Fuglekikkeren

Vi har minst en "fuglekikker" i urbanisasjonen. Når jeg en gang i mellom treffer ham spør jeg alltid om han har sett noe spesielt eller interessant. Som tidligere jeger er jeg alltid interessert i å lytte til mennesker som er opptatt av natur og dyreliv. Jeg skjøt mitt første reinsdyr som fjortenåring, men fant fort ut at jeg ikke var noen slakter, så jeg sluttet tidlig å skyte med kule og gikk istedenfor over til hagle.

Dermed ble det fuglejakt og leirdueskyting som ble høydepunktene i hobbysammenheng før jeg langt senere tok opp golf.

Sist jeg snakket med "fuglekikkeren" kunne han fortelle meg at han visste hvor ørnene hadde sitt rede. Vi pleier å ha et par ørner i fjellet ovenfor urbanisasjonen, men det er lenge siden vi har sett dem.

Jeg innrømmer at jeg var ganske imponert over at noen hadde funnet deres rede. Han fortalte at det ble funnet ved en tilfeldighet av en fra stedet som hadde tatt en søndagstur i fjellet. Han hadde bare fortalt dette til "fuglekikkeren" og ingen annen.

Jeg tror ikke han ville fortalt meg hvor det var, men av den generelle beskrivelsen han gav kunne det ikke være mer enn to tre kilometer opp i fjellet.

Det er vanvittig når du til tider hører om mennesker som samler alle typer egg. De gjør alt for å rane et rede hvis det dreier seg om sjeldne fuglearter.

Jeg støtter fullt ut opp om at det gis store bøter og også fengsel til disse menneskene når de blir tatt.

Vel, jeg tror nok at de fleste fugler har redet som sitt hjem og sted hvor deres små ser dagslys for første gang. Du finner dem ikke alltid i trær og for eksempel når det gjelder disse ørnene er det umulig da det nesten ikke finnes trær i disse fjellene.

Fuglereder på bakken er selvfølgelig mye mer utsatt enn de i trær, men igjen, det fins forskjellige typer fiender. Jeg er sikker på at naturen, for de forskjellige fuglearter, har tilrettelagt den beste løsningen for at de skal overleve og formere seg.

Dette er sikkert det samme også for andre dyrearter enn fuglene.

Mange lager sine reder på de underligste steder.

Vår Hyundai Coupe er alltid parkert utenfor vår hovedinngang foran garasjen.

Hvorfor ikke i garasjen kan man spørre, vel, jeg er redd det ikke er plass til den der.

Uansett, på høyre side av garasjen vokser det en villpalme, som fordi den har blitt vannet har vokst seg ganske stor for sin art.

Den siste måneden har den vær full av frukt som først var grønnfarget, men som nå har blitt brune.

Det var i dag vi skulle hente bilen på verkstedet, som endelig hadde fikset den for sine små-skrammer. Vi dro til Cuevas de Almanzora i den gamle Fiestaen.

Juan var der, klar med regningen ettersom vi visste at den var klar til avhenting etter at vi hadde ringt.

Først viste han oss, stolt og med et stort smil, kvaliteten på reparasjonen. Så ble ansiktet hans trist hvoretter han sa det var noe han ikke var så glad for.

Mens han var på vei til å åpne panseret tenkte jeg at han hadde oppdaget noe galt med motoren, men der tok jeg heldigvis feil.

Med et nytt stort smil viste han oss et rede som dekket hele toppen av batteriet. I midten av redet kunne jeg telle rundt et dusin oval-runde egg, trodde jeg.

Ved nærmere ettersyn så vi at de ikke var egg, men frukter fra en villpalme.

Kan man tenke seg den lille musen eller rotten som sitter utenfor garasjen en kjølig ettermiddag og venter på at det varme huset skal komme?

Så når monstrene som sitter i det har forsvunnet, kan hun fra undersiden finne veien til sitt varme koselige rede.

Det man kan undre seg over er hva som ville hende den dagen de små våkner opp under panseret.

Jeg er redd vi ikke fant noen annen utvei på problemet enn å rense batteriet for redet og å håpe at dyret vil finne en mer permanent plass til å la sin lille familie vokse opp på.

Junta de Compensacion

Jeg føler meg trygg på at det juridiske system i Spania stort sett følger det i resten av Europa, men min følelse er at reglene praktiseres veldig forskjellig. Når man ser på de store sakene, som et eksempel den som ordfører Jesus Gill i Marbella er involvert i, er det umulig å forstå hvordan han fremdeles kan beholde jobben etter alle disse årene han har vært i store vanskeligheter.

Jeg forstår at saker som disse er svært komplekse, men i henhold til det man kan lese i pressen og høre på TV, er det utrolig at han fremdeles er fri og ikke i fengsel. En helt annen ting er at det ser ut til at folk setter pris på ham og ønsker at han skal fortsette som ordfører.

Vel, vår byggeaktivitet i Cabrera har også sine juridiske sider.

I de år jeg har levd her har jeg vært vitne til rettssaker som synes helt innlysende når det gjelder utfall, men som til sist endte helt motsatt, eller simpelthen bare fortsatte for til slutt tilsynelatende å fordampe.

Folk her ser ikke ut til å bry seg i det hele tatt, og ærlighet er et ord som sjelden brukes, og langt mindre praktiseres.

Alt er et spørsmål om hvordan man kan vri, vende og forsinke.

Selvfølgelig er dette bare et inntrykk jeg har og vi må også være oppmerksomme på at dette er i Andalucia, med sine nærmere åtte millioner innbyggere.

Ikke noe galt med Andalucia, tvert imot, det er her solen tilbringer vinteren, men hvis resten av Spania fungerer på samme måte kan i hvert fall ikke jeg forstå hvordan de kan holde det gående.

Ta for eksempel i dag, min kone var innkalt som vitne i en kriminalsak som hun følte seg nødt til å anlegge mot en person som hadde laget en falsk kontrakt med hennes signatur.

Kontrakten slo fast at hun hadde utleid et kontor til den samme personen. Kontoret ble eid av et selskap som hun disponerer alene.

Personen hadde i noen år arbeidet ut fra dette kontorer med hennes velsignelse, men uten skriftlig leieavtale.

Da hun for et par år siden ønsket å overta kontoret selv, nektet han å flytte ut.

Hun hadde da ikke annet å gjøre enn å gå til rettssak.

Saken skulle være ganske enkel mente vi og vår advokat, hvis det ikke hadde vært fordi han presenterte en forfalsket leiekontrakt.

Det verste var at signaturer så ut til å være hennes.

Den samme personen hadde tidligere hatt tilgang på papirer med hennes signatur.

Som president for den såkalte "Junta de Compensacion" i Cabrera for fem år siden, måtte hun alltid sørge for at det lå tilgjengelige blanke ark med hennes underskrift på kontoret, når hun selv ikke var tilgjengelig.

Disse skulle kunne brukes i nødstilfelle hvor hurtige reaksjoner var nødvendige og det kunne oppstå rett som det var.

Den samme personen var den gang såkalt "Miembro de delgados" av "Junta de Compensacion" og hadde derved tilgang til kontoret hvor disse papirene fantes.

Hvis det skulle vise seg at signaturen, som hun måtte innrømme var veldig lik hennes, var ekte, hva da? Kontrakten i seg selv var klossete skrevet, men ga ham lov til å forbli i lokalet nær sagt på ubegrenset tid.

Mens hun var i retten i dag fikk hun ikke anledning til å komme med sine synspunkter i saken. Hun måtte nøye seg med å bli avhørt av en kvinnelig dommer. Videre måtte hun skrive navnet sitt og noen få setninger som ble diktert av dommeren.

Til stede, i tillegg til henne selv og dommeren, var en representant for hennes advokat og selvfølgelig motpartens. Etter hvert som hun besvarte spørsmålene dikterte dommeren en oppsummering til sekretæren, som der å da skrev det hele ned på en vanlig manuell skrivemaskin.

I løpet av en snau halvtime var det hele over. Alle leste sammendraget som så ble signert. Sekretæren laget en kopi til hver av deltagerne og det var det.

På hvilken basis kjennelsen vil bli tatt vet jeg selvfølgelig ikke, men en ting jeg føler ganske sterkt er at hvis de finner at signaturen er ekte så vil hun tape saken.

Hvis det blir utkommet kan hun selvfølgelig appellere, noe som minst tar to til tre nye år. Mest sannsynlig vil han forbli der og hele saken vil fordampe.

Presidentene

I dag skrives det en ny side i historieboken til United States of America. George Walter Bush er sverget inn som den førtitredje amerikanske president, nesten med den aller minste margin som noen gang har skjedd. Konservativ, hevdende at han vil styre landet på demokratisk vis, fremhever han blant annet et sterkere forsvar ved hjelp av ny teknologi, mer hjelp til de fattige og styrking av utdannelsen. Absolutt ingen tvil om at han har en sterk opposisjon mot seg, noe jeg finner helt naturlig etter President Clintons åtte år ved roret.

Personlig er jeg konservativ og misliker de fleste "ismer", så som kommunisme, nasjonalisme, sosialisme og ellers alle typer ekstremisme. "Isme" mennesker av denne typen skjermer seg under parolen at de beskytter menneskeheten og da i særdeleshet de fattige, men når alt kommer til alt dreier det seg etter min mening mer om å kontrollere enn å beskytte.

Vel, ta ikke dette for bokstavelig, selvfølgelig er mine synspunkter ikke uten nyanser.

Det er klart at sterke høyrefløyer av konservative tenderer mot ekstremisme og er slett ikke av det gode. Uansett, når det gjelder USA. tror jeg at et konservativt lederskap alt i alt gir mer progresjon enn et styre av demokrater.

For et sammentreff det er at Filippinene i dag har fått seg en ny Statsminister, Mrs. Arroyo, som tar over etter . . . ja, den glapp visst.

Det kan kanskje være godt at jeg ikke fikk med meg navnet, siden han visstnok har forsynt seg med seksti millioner dollar fra statskassen.

Blir han funnet skyldig vanker det livstid sies det.

Det hevdes fra de kanter at overgangen skjedde på demokratisk vis, så la oss bare håpe at Mrs. Arroyo får sjansen til å arbeide ut retningslinjer som vil bli til det bedre for disse vel åtti millioner mennesker.

Videre at hun får anledning til å gjennomføre forandringer.

Jeg undrer meg, med alle de tusener av øyer dette samfunnet består av, hvor mange ferger og andre sjøgående innretninger de har for å binde dem sammen. Alt for ofte leser vi om fergetragedier der borte med store dødelige konsekvenser.

Bortsett fra disse og uten tvil hundrevis av tusen andre hendelser i verden i dag, ble vi vitne til noe som for de involverte, eller i et hvert fall for vinneren, utvilsom vil forandre livet.

Dette sies det, skjer med vedkommende som hvert år krones til Miss Univers.

Vel, jeg tenker ikke på det her, selv ikke om Miss Spania, men i all beskjedenhet om Miss Almeria.

Almeria er en by med omtrent hundre og sytti tusen innbyggere.

For de involverte betyr det sikkert alt i verden å få delta. Til provinsen Almeria hører det en masse små byer og landsbyer og hver av disse har selvfølgelig i lang tid allerede foretatt utvelgelse av den skjønnhet som skal representere dem i den store Missekonkurransen.

Ankommende vår golfklubb ble vi møtt med en overfylt parkeringsplass, et helt uvanlig syn selv på en lørdag.

På terrassen foran klubbhuset så vi et team av kameramenn og fotografer som representerte forskjellige aviser og lokale TV stasjoner og selvfølgelig også en rekke reportere.

Tjue av de nydeligste jentene i provinsen var dresset opp i vinrøde blazere med hvite bannere fra skulder til motsatt hofte, som viste deres navn og stedet de representerer som finalist.

På noen få minutter var vi i senter av denne begivenheten.

Før min kone gjorde oppmerksom på at vi var der for å spille golf, ble skjønnhetene stilt opp i to rekker bak hverandre, hvoretter fotografer med kamera og blitz gikk i gang med kanonaden.

Etter at vi hadde fullført vår golfrunde som tok rundt fire timer, ble skjønnhetene fremdeles fotografert og filmet, men denne gang foregikk dette på det første tee-stedet og nå i bikini.

Selv om jeg har vært en del rundt i mitt liv, må jeg innrømme at jeg aldri før har sett en bukett så nydelige jenter samlet på ett sted.

Som vanlig etter en golfrunde satte vi oss ned, jeg med en øl og hun med et glass hvitvin, samt for begge en tapas eller to før vi satte oss i bilen og kjørte hjem.

Vi små-lo begge av hvordan min stive nakke etter golfen, definitivt ikke var blitt bedre i løpet av den halvtimen vi satt der.

Naturbilde

Dette må være det styggeste naturbilde jeg har sett. Fra der vi står bak det første tee-stedet denne herlige solskinns morgenen, ser vi Middelhavet langt der nede mellom to åskammer. Kun hvis du kjenner området vil du vite at bare halvparten av det du gjenkjenner som hav er hav, resten er plast.

Området rundt El Ejido grenser mot vest den lille byen Adra, mot nord av en fjellkjede og mot øst byene Aguadulce og Roquetas.

Området er dekket av et hav av plast hvorunder det frem-avles alle typer grønnsaker samt noe frukt.

El Ejido med omegn, sies det, er det rikeste område i Spania, men må også være det minst ettertraktede når det gjelder skjønnhet.

Området under plast må være førti til femti kilometer langt og minst ti kilometer bredt.

Med all solen og i de senere år en stadig bedre utbygget vannforsyning, er det ingen steder i Europa som kan konkurrere med det de produserer her.

Tragisk nok er dette også det stedet hvor immigranter har blitt, og fremdeles er, sterkt misbrukt. Ikke registrerte arbeidere fra Marokko og mange andre land i Sentral Afrika arbeider lange arbeidsdager for liten betaling.

De spanske myndighetene er fullt klar over situasjonen selvfølgelig, men ser ut til å ha store vanskeligheter med å finne en løsning på problemet.

De registrerer stadig flere av dem og får dem inn i mer ordnede forhold, men det er langt frem.

Vel, når alt kommer til alt er det markedet som bestemmer og jeg antar at å arbeide under ekstreme varmeforhold, kontinuerlig med plast over hodet, ikke er særlig attraktivt for spanjoler.

Nå og da kan man lese i avisene om slåsskamper og til og med drap mellom immigrantene.

Det vil alltid være noen arbeidsgivere som behandler dem bra, men de fleste har jeg forstått lever under stort press og meget spartanske forhold.

Det skjedde noe for rundt fjorten dager siden som virkelig satte fortgang i debatten.

Det hendte riktignok ikke i Andalucia, men på den østlige grensen i provinsen Murcia.

En eldre minibuss med nitten immigranter og en spansk sjåfør, inkludert en tretten år gammen jente som den dagen hadde tatt morens plass fordi hun var syk, kolliderte med et tog.

Alle ble drept unntatt piken.

Arbeidsgiveren ble omgående arrestert og vil helt sikkert, og av gode grunner, komme i store vanskeligheter ettersom avisene skriver at de hadde vært meget dårlig behandlet og betalt langt under rimelighetens grense.

Så lenge det er muligheter vil det dessverre være misbruk, men vi må også huske at i denne del av Spania, selv om dette ikke skjedde innenfor grensen av Andalucia, har de den største del av analfabetisme i landet.

Som et resultat av dette tror jeg personlig at de verste misbrukere er eiendomsbesittere med ansvar for andre mennesker, som med minimal utdannelse og bakgrunn for øvrig, har startet med kultivering for nå å se aktiviteten blomstre til storforretning.

Igjen tilbake til utsikten fra tee-stedet.

Det er merkelig å tenke seg at i utkanten av dette hav av plast ligger det flere store turiststeder som tiltrekker seg mennesker fra hele Europa.

Alle som kommer til området må kjøre gjennom dette havet av plast, men jeg kan ikke forestille meg at noe tenker på, eller kan forestille seg de mange tragedier som immigranter til tider utsettes for her.

Nå er det vår tur til å slå ut og å glede oss over en herlig golfbane mellom åskammene.

Blå tanker   *Jan Arnt 2017*

Farts-multen

Spania har, som så mange andre land, et byråkrati som er svært vanskelig å forstå for en utlending, eller ihvertfall for meg. Jeg har imidlertid gjort meg noen få observasjoner, som i motsetning til i Norge hvor jeg har levd mesteparten av mitt liv, ser ut til å funksjonere forskjellig og etter min mening til det bedre. Dette har først å gjøre med politiet og dernest med skatten.

Jeg har hittil kjørt mer enn hundre tusen kilometer her i landet og har alltid hatt god erfaring med politiet. To ganger har jeg blitt tatt for overdreven hastighet og to ganger har jeg blitt stoppet for kontroll av papirer. Den første hastighets-mulkten var helt grei, seksti i en femti-sone.

Oppgjør på stedet og deretter videre.

Den andre mulkten fikk jeg på motorveien hjem fra Alicante flyplass.

Min kone hadde hentet meg i sin første Hyundai Coupe, som hun hadde fått levert ny mens jeg var i Norge en fjorten dagers tid.

Vi ble enige om at jeg skulle kjøre for å prøve nyervervelsen. Krusende avsted i en fart av hundre og tjue – tretti, gav en fin følelse av bilens sporty egenskaper og på en rett strekning var det derfor fristende å la den høyre foten hvile litt tyngre på pedalen.

Jeg registrerte hundre og femti og passerte naturligvis noen biler.

Det vi imidlertid ikke var klar over var at politiet på det tidspunktet hadde biler utstyrt med kameraer for hastighets-kontroll. Plutselig så jeg en politibil mange hundre meter foran oss, som etter hvert som jeg nærmet meg med sakte reduksjon av farten ned til hundre og tjue, tente blålysene og jeg ble vinket inn til siden. En av politimennene "Guardia Civil", kom opp til oss, og fra det som skjedde var det klart at han ikke tok oss for spanske, til tross for at bilen hadde spanske skilt. Av den grunn trakk han pusten og forsøkte seg på engelsk: "You be driving to fat".

I samme øyeblikk ser jeg i speilet at en liten hvit bil hadde stoppet bak meg og i frontvinduet var et klart synlig kamera. Politimannen ba om førerkortet, som jeg ga ham, og mens han studerte det sa han at vi hadde kjørt i ett hundre og førtito kilometer i timen - hva kunne jeg si?

Så langt hadde min kone ikke sagt et ord, men idet han forklarte at jeg måtte betale en bot på tjuefem tusen pesetas der å da, kom hun til unnsetning. Hun viste sin spanske "residencia" og forklarte på flytende spansk hvor vi bodde.

Etter denne informasjonen ble mulkten umiddelbart redusert til tjue tusen og det var ikke lenger nødvendig å betale der å da.

Vi ville få tilsendt regningen i posten.

Han var svær hjelpsom og forklarte at hvis bildet som skulle følge mulkten ikke var klart og tydelig, så kunne vi bare protestere.

Etter at to måneder hadde passert var vi overbevist om at byråkratiet hadde reddet oss fra betaling, med den gang ei.

Etter tre måneder kom regningen, riktignok uten bilde, men vi nølte allikevel ikke og betalte omgående.

Min erfaring er at i Norge kjører politiet ganske nøyaktig på fartsgrensene, og skulle du være så dum at du forsøker å passere, uansett hvor sakte, blir du umiddelbart stoppet og ilagt mulkt.

Min mening er at de forfølger deg og lager dårlig rytme i trafikken.

I Spania er mitt inntrykk et helt annet.

Det er mange politi på veiene, men enten de er i bil eller på motorsykkel, så kjører de normalt i en hastighet rundt ti kilometer saktere enn fartsgrensen. De forventer at du passerer og gjør du det i rimelig hastighet er det ingen fare.

En helt annen sak er at altfor mange spanjoler kjører som gale og at du rett som det er ser hastigheter på over hundre og åtti til to hundre.

Skattesystemet ser ut til å være noe helt spesielt, men det virker ikke som du også her blir forfulgt slik det føles i Norge.

Selvfølgelig skal skatten betales, men her virker det som om revisorer gjør sitt beste for å få den ned på et akseptabelt nivå.

På grunn av min kones forretninger har vi i hele formiddag sittet i møte og hørt spesialister gi råd om hvordan skatten i hennes selskaper bør minimeres.

Et akseptabelt nivå ble nådd hvoretter vi helt utkjørte tok en tur innom vår lille bar for en "tapas" og et glass vin.

Av skjær entusiasme over resultatet fra morgenens møte spiste vi alt for mye og måtte nøye oss med en enkel salat til middag.

Omkjøring

På grunn av ødeleggelser som skjedde i fjor som et resultat av et enormt regnfall over kort tid, ble veien fra landsbyen Turre opp til vår urbanisasjon, en strekning på vel seks kilometer, sterkt ødelagt på flere steder. Den lille broen midtveis var så godt som totalt ødelagt og det tok mer enn to måneder før de midlertidige reparasjonene ble utført.

Med midlertidige reparasjoner mener jeg at man hadde tilrettelagt en omkjøring ned i det vanligvis tørre elveleiet og opp på den andre siden.

Vi regner med at de vil vente med reparasjon av selve broen til kommende vår, siden det kan ventes nye store nedbørs-mengder før den tid.

Vår Hyundai Coupe egner seg dårlig til omkjøringer som den nevnte, da den ikke har særlig mye klaring over bakken, så i denne perioden kjører vi alltid bakveien når vi benytter den bilen.

Den lille blå Ford Fiestaen derimot, tar disse utfordringene på en meget elegant måte og ettersom vi i dag har en rekke forpliktende avtaler, tar vi en bil hver og jeg kjører nå i Fiestaen ned frontveien mot Turre.

Jeg aner ikke når den ble etterlatt i hanskerommet, men det må ha vært min datter som gjorde det allerede for flere år siden, den gang hun studerte i Madrid og hadde bilen til sin rådighet der. Jeg snakker om en kassett som blant annet inneholder nydelige musikkstykker fra William Shakespeares skuespill "Much ado about nothing", eller "Mye ståhei for ingenting" som det heter på norsk.

Helt siden jeg så filmen for flere år siden, har jeg gjentatte ganger forsøkt å få tak i videoen, sånn at også min kone kunne få gleden av å se den.

Så langt har jeg ikke lykkes, men en dag er jeg sikker på at jeg får tak i den.

Det min kone ikke hittil har sett på video, har vi begge til gjengjeld fått se med egne øyne.

Filmen, med Emma Thompson i hovedrollen sammen med sin den gang ektemann Kenneth Branagh, ble til i Greve i Toscana, etter min mening et at de mest praktfulle steder i Italia.

Hele filmen ble gjort på en eiendom med navnet Vignamaggio som i de senere år, av eierne er omdannet til et herlig lite "hostal". Det må tilføyes at dette bare gjelder for en del av bygningene, ettersom familien stadig bor i hovedhuset.

Hagen med sine nydelige velpleie blomsterbed, hekker og sypresser, er etter min mening fantastisk sjarmerende og aldri har jeg sett sypresser på den størrelsen. På veien rundt eiendommen som går opp mot Lamole, gror disse enorme sypressene som en hekk på begge sider.

I det hele tatt, stedet var en fantastisk "setting" for filmen.

Den unge kvinnen som satt modell for Leonardo da Vincis Mona Lisa, sies det, levde i dette huset, så bare av den grunn er stedet velkjent.

En av mine gamle italienske venner har et nydelig sted litt lenger oppe i dalsiden over Vignamaggio, på samme vei mot Lamole, så det er derfor vi har vært der flere ganger.

For to år siden var vi der for å feire hans syttiårsdag, en uforglemmelig fest. Nærmere hundre mennesker, venner og bekjente fra mange land, deltok i en herlig lunch og ettermiddag i hagen foran hovedhuset, med en spektakulær utsikt over de vinrankekledde åskammene i Chianti.

Under de fire gigantiske trærne foran huset, satt gjestene i grupper av tolv ved runde bord, godt skjermet av store parasoller.

Han hadde organisert det slik at hvert bord hadde enten kun menn eller kun damer, og for meg spesielt var det en utsøkt glede å sitte sammen med hovedpersonen og hans nærmeste mannlige familie og venner.

Alle disse gode minnene kom altså til meg mens jeg kjørte ned mot Middelhavet for å klippe håret, mens jeg lyttet til den herlige musikken fra "Much ado about nothing" og mintes vårt opphold på Vignamaggio de dagene i juni for to år siden.

"Say no more ladies, say no more…"

Kina

Langt, langt borte ligger det et land med langt over en milliard mennesker, som i dag feirer sitt nyttår. Det skal bli slangens år. Ingen kan si hva det nye året vil bringe, men vi kan som eksempel håpe at mer handel og mer tilgang og bruk av inter-nett, gradvis vil forbedre forståelsen mellom deres og våre kulturer. Hva vi enn gjør så kommer det til å ta tid og antagelig vil det ta mye leger tid enn vi tenker oss mulig.

Jeg glemmer aldri første gang det gikk opp for meg hvilke enorme utfordringer de står overfor hvis de skulle utvikle seg for fort. Dette eksempelet utspant seg for tjue år siden. Av spesielle grunner tok jeg toget fra Hong Kong til Canton i Kina. Naturen på den kinesiske siden syntes jeg var spennende med sine enorme flater med terrakottafarget jord, dette appellerte til meg. Selve turen opp til grensen var interessant, men egentlig ikke særlig spesiell.

Det gav meg imidlertid en følelse jeg aldri vil glemme, det å gå over broen som markerer grensen mellom Hong Kong og Kina.

Jeg husker ikke om vi måtte skifte tog, men uansett, alle måtte vi med vår egen bagasje gå over broen. Her må vi ikke glemme at dette var i begynnelsen av de store omveltninger i Kina.

Uansett, det ble en utrolig detaljert gjennomgang av alt vi hadde med oss, både i kofferter og håndbagasje. Jeg var der sammen med en venn, som på den tiden og i flere år tidligere importerte dun i store kvanta til sengetøy-produksjon i Europa.

Han hadde vært i Kina mange ganger før og var regnet som "en god venn av Kina". Jeg var i papirene registrert som hans designer for å få visa og vi var på vei til Shanghai for i løpet av en uke å forhandle om oppkjøp.

Etter at vi hadde forlatt stasjonen på den kinesiske siden av elven, følte jeg det som om vi var i ingenmannsland.

Som tidligere sagt, naturen var nydelig og de brune og gule fargene på det relativt flate landskapet var helt spesielle.

Jeg kan ikke huske at vi så noen biler i det hele tatt på turen, bortsett fra når vi nærmet oss Canton.

Noen få motorsykler og jeg kan tenke meg mindre enn et dusin lastebiler.

Turen tok så vidt jeg husker omtrent fire timer. Men hva så med traktorer?

Hvorfor så vi ingen, ettersom vi på begge sider av toget kun registrert enorme områder av kultivert mark?

Vi snakket litt om dette mens vi hele tiden så ut av vinduet. Plutselig ser jeg noe uforståelig. Langt, lang der ute på marken skimtes plutselig en lang blå linje, som sekunder senere forsvinner.

Dette gjentar seg i samme rytme uten stans inntil vi minutter senere er kommet ut av synsvinkelen. Lengden på den blå linjen kan ha vært rundt en halv kilometer.

Vi undret oss en del over fenomenet før det gikk opp for oss hva vi hadde vært vitne til. Istedenfor å benytte en traktor, satte man inn fem hundre eller flere, menn og kvinner. Disse utførte arbeidet til en mekanisert plog.

Når vi senere snakket om dette med folk vi traff, fikk vi bekreftet at jo da, dette var for å holde mennesker i arbeid i landbruket.

Stående side ved side på en lang linje med hver sin skovle, vil de i en opp ned bevegelse, på samme måte som en plog snu jorden, men i en lengde på, som i vårt eksempel noe likt en halv kilometer.

En sånn gruppe mennesker representerer en enorm kapasitet, men jeg kan ikke hjelpe for å tenke på hvor mange mennesker som ville bli uten arbeid hvis man satte bare en riktig stor amerikansk traktor i arbeid.

I dag er det også dagen for nymånen og den hellige Hindu Festivalen er i gang i India.

Bare i dag forventer man at mer enn tjue millioner hinduer får tilgivelse for sine synder. Til sammen forventer man at antallet som gjør dette vil overgå hele befolkningen i USA. Med så mange mennesker samlet ved Ganges bredder på samme tid er det ikke så rart, som det sies, at familier må binde seg sammen med tau for ikke å komme fra hverandre.

Alt som er blitt skapt, enten det er mennesker, dyr eller ting bygget av mennesker, vil en dag forsvinne.

I dag er en rakett sendt opp for å kople seg til romstasjonen MIR. Etter en årrekke i tjeneste er dens dager talte. Angivelig vil den bli gitt en liten "dytt", slik at kursen vil bringe den tilbake inn i jordens atmosfære, hvoretter den vil brenne opp og bare etterlate små fragmenter som man forventer vil lande i Stillehavet.

Prostitusjon

Så lenge det har vært mennesker på jorden har det vært prostitusjon. Så vidt jeg forstår er prostitusjon legalisert i Spania, ettersom jeg fra første gang jeg kom hit, fikk høre at så var tilfelle.

Du kan normal gjenkjenne bordellene på deres røde utendørslamper og på disse kanter kan du se dem her og der langs veiene, og da svært ofte på ganske isolerte steder.

Jeg er klart for legalisering av prostitusjon, for på den måten bør det være mulig å få den under en viss form for kontroll, men selvfølgelig skal alle involverte være voksne mennesker.

De aller fleste mennesker forstår at å kriminalisere prostitusjon ikke stopper verdens eldste yrke, så det må da være bedre å ha den i åpenhet enn å se den operere illegalt.

På den måten skulle det også være enklere å kontrollere at de involverte gjør dette frivillig og ikke under tvang og utpressing.

I denne delen av Spania kan man ofte lese om steder hvor politiet har oppdaget ulovlig aktivitet og hvor utenlandske jenter har blitt prostituert mot sin vilje. Hva som skjer med dem som blir tatt for denne aktiviteten vet jeg ikke noe sikkert om, men jeg håper de får sin velfortjente dom.

For ikke lenge siden hadde vi et tilfelle like utenfor vår lokale by Vera, omtrent tjue minutter med bil fra der vi bor.

En lokal politimann ble tatt, naturlig nok ikke for å ha besøkt bordellen, men for å ha vært med i organiseringen av den.

I dette tilfellet ble det konstatert at jenter ble holdt der mot sin vilje.

Hver aften etter at solen har gått ned, har vi fra vår terrasse en fantastisk utsikt over flatlandet under oss.

Selvfølgelig har vi den samme utsikten også om dagen, men da kan man ikke se det karakteristiske, i dette tilfelle, i motsetning til det tradisjonelt røde, et blått lys tett ved motorveien, som går vel ti kilometer borte.

Fra denne distansen kan man selvfølgelig ikke se noen detaljer, men det er neonlyset som annonserer en klubb, en av den type som byr på spesielle tjenester. Til alle tider når man passerer den på motorveien ser man et lite antall biler parkert utenfor.

Ikke langt fra vår golfklubb finnes det en landsby som heter Parador. Må ikke forveksles med den kjente hotellkjeden i Spania med samme navn.

I de "almerianske" avisene, Almeria er den største byen i rimelig nærhet, finner man en mengde annonser for klubber av alle typer, de fleste involvert i prostitusjon og en rekke av dem med adresse i Parador.

I dag kunne vi lese at tre offiserer i "Guardia Civil" politiet, samt to leger, var arrestert for å ha vært dypt involvert i organiseringen av en bordell med mer enn tretti prostituerte.

Tilsynelatende er alle jentene utlendinger som har blitt lurt inn i landet. Med utsikt til jobb hadde de kommet lovlig inn i landet, for bare å erfare at pass og andre papirer ble tatt fra dem og at de deretter ble truet med å bli utlevert til politiet hvis de ikke "samarbeidet" positivt.

Av frykt for å bli kastet ut av landet valgte de antagelig samarbeidslinjen.

En helt annen sak er, at i følge avisen jeg leser, så er det nå bevist at jeg er mindre intelligent.

Som et resultat av at jeg ikke har en akademisk utdannelse, så hadde jeg angivelig større problemer under oppveksten enn dem med akademisk utdannelse. Jeg innrømmer at jeg har store problemer med å fatte logikken i dette.

Nyere forskning i England kan videre fortelle at babyer som er født fysisk små vil lide under å være mindre intelligente, at de vil lære mindre og generelt ha større problemer enn babyer som er født med mer fett.

Vel, min mor sa alltid, og hun mente det bestemt, at jeg var født svært tynn og at jeg som baby var veldig stygg.

Nå er det et faktum at jeg ble født tynn og at jeg aldri ble akademiker, men generelt føler jeg meg rimelig tilfreds med det jeg har oppnådd i livet og lider så vidt jeg vet ikke under noe mindreverdighetskompleks mot fete mennesker eller akademikere. Jeg må imidlertid innrømme at de i artikkelen jeg refererer til, ga oss tynne babyer en fair sjanse til å kunne takle verdens utfordringer, under forutsetning av at vi ble gitt god hjelp og omsorg av våre foreldre og ble gitt spesiell hjelp med skolearbeidet.

Jeg er sikker på at jeg ville blitt gitt god hjelp med skolearbeidet, hvis jeg bare hadde villet la noen hjelpe meg. Det gjorde jeg imidlertid ikke og hjemmearbeidet ble totalt neglisjert.

Det er til tider interessant å lese om seg selv.

Arkitekten

Dette var den dagen da vår arkitekt skulle presentere de ferdige tegningene av vårt nye prosjekt på tjue hus, som, hvis alt går etter planen skal påbegynnes i mars-april i år. Jeg var spesielt interessert i å få se planene da jeg reiser til Norge i morgen. Noe hendte som forsinket arkitektenes arbeid med perspektivtegningene av den første fasen av prosjektet, som omhandler elleve hus.

Nå lover de at de tegningene først vil være klare på torsdag i neste uke.

Jeg har aldri vært i Afrika, men kan huske at jeg en gang vant et veddemål når det gjaldt hvor mange land kontinentet består av. "Bets" ble avgitt fra rundt femten til tretti, mens jeg vant etter å satse på at det måtte være mer enn førti. Jeg har sjekket det senere og funnet ut at det er nærmere seksti.

Vi har vel alle hørt om de pågående problemene i Eritrea, med Hutus, Tutsis og ikke minst alle varianter av djevelske ledere i mange av landene.

Ta Idi Amin som et eksempel, men han fikk jo også som fortjent.

I dag begraver de Laurent Kabila, samtidig som hans sønn Joseph blir sverget inn som ny leder av den Demokratiske Republikk av Kongo.

Vi vil antagelig aldri få vite hvorfor en av hans bodyguards drepte ham og antagelig heller aldri hva som hendte med ham.

Ikke det at det betyr så meget, men jeg kunne tenke meg at han blant de lokale blir sett på som en helt.

Joseph Kabila lovet å følge grunnloven, samtidig med at vi fikk vite at de ikke har noe riktig grunnlov og at man egentlig ikke er helt sikker på den nye lederens alder.

En ting er visstnok imidlertid sikkert, han har sin militære trening fra Kina.

Han er avhengig av god støtte fra sine naboer, da jeg forstår at han har begrenset støtte av landets egne militære. Jeg vil ikke på noen måte late som jeg forstår meg på hva som foregår der nede.

Vi har snakket om det lenge, men i dag insisterte min kone på at jeg skulle ta den medisinske testen for å søke om spansk førerkort, så det bar avsted til

Garrucha med bilder og pass.

Bortsett fra at det fort ble oppdaget at synet på venstre øye ikke var så godt som på det høyre, gikk alt fint helt til blodtrykket skulle tas.

Doktoren sjekket det to ganger uten å si noe. Deretter skiftet han måleinstrument og testet igjen.

Etter å ha ristet på hodet sa han at resultatet var to hundre og femten over ett hundre og ti. Jeg ble straks vettskremt, ettersom jeg nettopp på grunn av blodtrykket hadde slanket meg fem kilo siste høst og begynt å spise mye mer fisk. Blodtrykket ble etter det normalt igjen.

Hva han skrev i papirene vet jeg ikke, men han anmodet meg om straks å henvende meg på legevakten, "la urgencia", for å få piller til å redusere trykket.

Vi ble vel mottatt og etter at min kone forklarte hva som hadde skjedd sjekket han på nytt trykket.

Denne gangen, bare en halv time siden sist gang, var resultatet hundre og nitti over hundre.

Hun fortalte legen at vi de siste dagene hadde spist ganske mye av et norsk røkt lammelår til lunch, og at det var ganske salt.

Kunne det ha noe å gjøre med saken?

Uten kommentarer gav han meg en pille til å tygge på og søsteren beskjed om å gi meg en sprøyte i baken.

Deretter ble jeg ble bedt om å sitte på venteværelse i en halv time, hvoretter han igjen testet.

Hundre og seksti over nitti ytret han med et forsiktig smil og sa at det ville gå ytterligere ned.

Det siste han sa var at jeg måtte holde meg unna salt og spise masse grønnsaker.

Ettersom det var min siste dag før jeg skulle en tur til Norge i fjorten dager, bestilte vi en tartar til middag, på vår lokale restaurant Los Pastores.

Som forrett tok vi en carpaccio de solomillo og en foie gras.

Etter å ha delt en flaske rødvin og en is til dessert, noe vi ellers aldri tar, en dessert altså, lovet jeg min kone å kontakte min doktor i Oslo umiddelbart etter ankomst.

Blodtrykket

Sjokket jeg fikk over blodtrykket i går har overbevist meg om at jeg vil holde løftet om å kontakte min doktor her i Oslo, forklare ham situasjonen og høre hva som bør gjøres. I det vi passerer Pyreneene, fjellkjeden mellom Spania og Frankrike, etter en ganske humpete time, kom jeg til å tenke på hva som hendte i går i Syd Amerika.

Et DC 3 fly styrtet og alle, omtrent tjuefem passasjerer og besetning hadde medgått. De fleste var turister fra Amerika og Europa.

Så vidt jeg forstår benyttet det involverte flyselskap DC 3ere for å gi turistene en spesiell opplevelse, da denne gamle flytypen med to motorer kan fly både sakte og lavt.

Årsaken til at jeg kom til å tenke på denne historien, skjedde allerede ved avgang fra flyplassen i Alicante.

Ved den sydlige del av flyplassbygningen står det nemlig parkert to vrak av denne typen maskiner. De har stått der siden første gang jeg landet der, omtrent for femten år siden. Det er ikke helt korrekt at de nå står på samme sted som den gang.

Første gang jeg så dem stod de mye nærmere bygningen, men ettersom de har utvidet denne har også flyene blitt flyttet noen hundre meter lenger sydover.

Hvorfor de fremdeles er der kan man selvfølgelig undre seg over.

Disse fenomenale flyene ble første gang produsert i trettiårene, og har alltid blitt referert til som skyenes arbeidshester. Man kan spørre seg om de allierte ville ha vunnet siste verdenskrig hvis de ikke hadde hatt disse maskinene.

En enorm mengde av dem ble produsert og brukt i den siste verdenskrigen og ikke minst spilte de en avgjørende rolle under invasjonen i Frankrike. De ble den gang også brukt til å slepe glidefly med tropper og utstyr, så vel som kanoner og jeeper.

Det er fascinerende å tenke på at bare et godt tiår før disse maskinene ble konstruert og produsert, satt Charles Lindberg ved spaken i sin NX 211, som den første person som alene krysset Atlanteren i ett strekk. Det skjedde den tjuende og tjueførste mai i nitten tjueto og han var bare tjue år gammel.

Jeg lurer på hva han følte når han etter trettitre og en halv time, nesten bevisstløs av tretthet, klarte å lande på Le Bourget flyplassen i Paris.

Han og hans enmotors Spirit of St. Luis ble møtt av over to hundre tusen mennesker.

Det var bare begynnelsen, for da han returnerte til New York var mer enn fire millioner mennesker samlet til velkomstfest for helten.

Ellers er vel de fleste av oss kjent med de tragediene som fulgte ham senere i livet.

Lindberg vil for all femtid bli husket for sitt mot og sin innsats.

I flyet høyt over Tyskland kan jeg ikke unngå å tenke på at det i dag er minnedagen for "Holocaust", den femtisjette. Bare noen få fra den tid lever enda og kan være vitner til det som skjedde.

Det jeg absolutt ikke kan forstå er at det fremdeles fins mennesker som enten synes at det helt i orden at så mange av disse menneskene ble slaktet, mens andre blankt benekter at det medfører riktighet, at leirene aldri eksisterte.

Visstnok var det seks millioner mennesker som den gang ble utryddet for enten å være jøder, tatere eller homoseksuelle, ifølge nazistene såkalte "Untermenschen".

Auschwitz, Treblinka, Buchenwalt, Dachau, Bergen Belsen og tro det eller ei, nærmere ett hundre andre leire bare i Tyskland hvis jeg ikke tar feil, samt mange flere i de andre tyskokkuperte land.

En gang i tjueårene besøkte jeg restene av Bergen Belsen leiren sammen med noen fra den norske motstandsbevegelsen, en opplevelse jeg aldri vil glemme.

Falske tanker   *Jan Arnt 2017*

Snøfylt Norge

Forandring av temperatur er en ting, men fra en grønn vinter I SydSpania, fremdeles med rundt femten grader pluss og mer i skyggen og nesten aldri ned til ti om natten, til et snøfylt Norge er nær ett sjokk. Ikke desto mindre, jeg er vant til disse forandringene ettersom jeg stadig reiser mellom disse ytterpunktene.

Det er viktig å nevne at det dreier seg om Syd Spania, ettersom det er det eneste sted på fastlandet i Europa hvor solen tilbringer vinteren.

Dette uttrykket er nok ikke helt riktig, da det bare er visse plasser i Andalucia som, fordi de har et spesielt mikroklima, rettferdiggjør at uttrykket kan benyttes.

Forrige år var det verste året jeg kan huske når det gjaldt været. Det virket som om hele verden var satt på hode. Generelt var det mye varmere i nord og kaldere i Syden enn tidligere og med mye oversvømmelser og vind.

Til å med min søster som lever i Australia klaget på det uvanlige været.

I Norge har vi uttrykket at det ikke er noe som heter dårlig vær, det er bare spørsmål om hvordan man kler seg.

Det er helt i orden og mye bedre enn å gå rundt å klage.

Å se mine to barnebarn og hvordan de gleder seg over snøen er helt herlig.

Den eldste gutten, fire år gammel, er allerede alene på ski ned bakkene og jeg hører at han nå også takler skiheisen uten hjelp.

Barnehagen han går i ligger på Frognerseteren, et høydedrag utenfor Oslo snaue fem hundre meter over havet.

Fra den berømte Holmenkollbakken, er det bare et lite stykke opp.

Hver dag når været tillater det er de ute i skogen og leker eller går på ski.

For å komme dit hver morgen er det enten min datter eller min svigersønn som kjører ham til den nærmeste stasjonen, hvorfra han sammen men alle de andre barna tar banen opp til toppen.

Sist jeg var i Oslo var i oktober i fjor.

Da hendte det ganske ofte at vi på vei til kontoret kjørte ham hele veien opp.

En dag med tykk tåke som nesten ikke ga utsikt til å kjøre, stoppet vi på parkeringsplassen, hvorfra min svigersønn fulgte han bort til hytten der barnehaven holder til.

Mens dette skjedde og jeg satt i bilen, passerte en elg over veien bare noen meter borte, stoppet mindre enn ti meter fra meg og begynte å spise av bladene på et lite bjerketre.

I snaue ti minutter sto den der og først når min svigersønn kom tilbake diltet den sakte inn i skogen. Den var ikke særlig stor, men allikevel var det rundt to meter opp til toppen av de små hornene, tydeligvis en kalv.

Hvis det i dag hadde vært en deilig søndag hadde vi bestemt alle vært på ski her oppe, men overskyet og tåkete som det er i dag, tar vi heller en spasertur med utgangspunkt fra der de bor.

Den yngste gutten, to og et halvt år gammel, går i en annen barnehage som bare ligger noen hundre meter fra der de bor. Han har enda ikke begynt å stå på ski, men det ser ut til at jeg vil ha gleden av å se ham forøke seg for første gang neste lørdag eller søndag.

Pip-Pip tanker

Rotary klubb

Min Rotary klubb i Oslo, som jeg har vært medlem av siden den ble startet den åttende mai nitten hundre og åtti seks, har sine ukentlige møter på mandager. Ettersom de fleste medlemmene ikke bor i det distriktet hvor klubben holder til, men kun har sitt arbeid her, holdes møtene ved lunch-tid.

Kanskje du ikke vet det, men som rotarianer er det viktig at du har minst seksti prosent fremmøte, men ikke nødvendigvis i din egen klubb.

Som en følge av at jeg nå lever mesteparten av min tid i Spania har jeg det siste året vært langt fra å kunne tilfredsstille kravene til fremmøte, og uheldigvis finnes det ingen klubber i det området der jeg lever i Spania. Derfor har det vært umulig for meg å kompensere med fremmøte i andre klubber. Når jeg er i Norge gjør jeg alltid hva jeg kan for å nå møtene. Det er et annet medlem som er i samme situasjon som meg, men vi har begge hittil kunnet forbli medlemmer selv om vi ikke har kunnet leve opp til fremmøtereglene.

I mange år nå, har det vært mulig for kvinner å bli medlem av Rotary, under forutsetning at den angjeldende klubben stemmer for det. Dette skjedde allerede for mange år siden i vår klubb, men bare noen få har senere blitt medlemmer. Uansett, vår klubb, Furuset Rotaryklubb i Oslo har aldri hatt mer enn tretti medlemmer og i dag har vi visst bare ett kvinnelig medlem.

Fra min start som rotarianer har jeg alltid vært imot at kvinner skal kunne bli medlemmer. De har sine egne forskjellige klubber, så som for eksempel Inner Wheel, så hvorfor kan ikke vi menn få ha våre klubber for oss selv. Jeg er ikke på noen måte mot kvinner i Rotary fordi jeg ikke liker kvinner, heller ikke at jeg på noen måte diskriminerer dem. I forretningslivet har jeg alltid stimulert til ansettelse av kvinner i overordnede stillinger, både som salgssjefer og økonomisjefer.

Bakgrunnen for min tilbakeholdenhet når det gjelder kvinnelig medlemskap i Rotary er at jeg åpent må innrømme at, når det er kvinner tilstede i et rom, oppfører jeg meg automatisk litt annerledes enn jeg ville gjort hvis det bare var menn tilstede.

Dette bør kun sees som et kompliment til kvinner.

Under dagens møte holdt en kvinne fra en offentlig institusjon et foredrag om unge lærlinger i praktisk arbeid og hvordan samfunnet organiserer dette.

Lang historie kort, en av hennes konklusjoner var at mange av disse unge hadde store vanskeligheter med å gli inn i et praktisk ansvarlig liv, vesentlig på bakgrunn av deres generelle mangel på jordnære manerer.

Det de fleste av oss tar for gitt som manerer, og som vi mener vi har brakt videre til våre barn gjennom deres oppdragelse, er noe som ikke er en selvfølge mange steder. Det dine foreldre ikke har lært deg mens du vokste opp, starter du i livet foruten og det er lite sannsynlig at du vil tilegne deg det senere.

Jeg tror derfor at mangel på manerer gjør at du lettere kan bli influert av det vi vanligvis karakteriserer som uheldige sider av samfunnet.

Sist uke ble en mørkhudet gutt på seksten knivstukket og drept i Oslo, av noen ungdommer fra en Ny Nazi bevegelse, kun fordi han var av en annen rase.

Denne form for diskriminering foregår hele tiden, mens dette var en av de mange som endte på denne tragiske måten. Politiet og vitner kalte det kaldblodig mord.

Ekstremistgruppen kaller seg selv "Boot Boys" og er vel kjente av politiet for deres truende fremtreden mot alle typer mennesker fra den tredje verden; "hold Norge ren" er slagordet.

Vårt demokrati med rettighet til ytringsfrihet både forstår jeg betydningen av og verdsetter, men manglende regelverk for politiet til å stoppe denne form for aktivitet kan og vil jeg aldri forstå.

Enhver politiker som går dypt ned i denne problemstillingen og som forlanger strengere reaksjoner, er automatisk i store vanskeligheter og vil bli stemplet som rasist.

Min klare oppfatning er at toleransen i denne sammenheng har gått altfor langt og at noe radikalt må gjøres mens det fremdeles er en sjanse.

Alt dette mens jeg hadde min flytur over Tyskland i ferskt minne.

Til tross for slanking og diettforandring, satte min doktor meg på piller for å holde blodtrykket i sjakk

Golfakademi

Jeg har studert på om mitt høye blodtrykk kan skyldes frustrasjon med golfen. Har hørt at det i USA er en stor prosent av mennesker som av forskjellige årsaker går til sin psykolog med sine frustrasjoner.

En gang trodde jeg at jeg virkelig hadde fått grep på golfen min, men etter at vi hadde tilbrakt to dager på Leadbetters Golfakademi i Mijas, nå for omtrent ett og et halvt år siden, ser det ut som det er umulig å komme tilbake til der jeg en gang var.

Jeg hadde en gang 8,1 i handikap, men det var tilbake i nittisju. Vel, jeg går som nevnt ikke til noen psykolog, har aldri gjort det og tror ikke jeg vil prøve nå heller.

Når noe går galt er det mest menneskelige man gjør å klandre noen andre eller noe annet og å si til seg selv at det ikke er ens egen skyld.

I mine yngre dager mens leirdueskyting var min hovedsport, drev jeg også en god del med instruksjon.

Ofte når nybegynnere i sporten spurte om råd når det gjaldt kjøp av haglegevær, fortalte jeg dem at i begynnelsen betyr det svært lite hva slags hagle man benyttet.

På et senere tidspunkt og når du er sikker på at dette er en sport du vil gå for, først da er tiden inne til å ta haglevalget mer alvorlig.

For å legge mer realisme bak min holdning og for å understreke mine synspunkter, tok jeg frem min aller første spanskbygde Aya med side-løp, som jeg fikk da jeg var fjorten år gammel og ikke min italienske Perazzi som er spesielt designet for skeetskyting og som jeg brukte i konkurranser.

Ayaen var en av de enkleste og billigste haglene den gang den ble kjøpt, men allikevel har jeg på trening skutt tett opp mot mine personlige rekorder med det geværet.

Nå er jo dette mange år siden, men her befinner jeg meg i en tilsvarende situasjon, men med et forskjellig fortegn.

I min frustrasjon over min golfs utvikling overveier jeg å gå til anskaffelse av et nytt sett køller, selv om det settet jeg benytter er av typen Callaway og kun er fem år gammelt.

På denne tid av året er det ingen mulighet til å spille golf i Norge, bortsett fra på et sted som heter Hemsedal, hvor de har en vinterbane.

Det betyr at du spiller på snø med røde baller.

Hvis man flyr en times tid til det sydlige Sverige eller til Danmark kan man imidlertid stort sett spille hele året, men få er så ivrige. Hvis nordmenn ønsker å spille golf om vinteren drar de mye lenger sydover.

Innendørs golfsentre med driving range er svært populære her, så jeg bestemte meg for å låne et sett køller av min venn.

De er nye og av merket Taylor Made, så da får jeg testet om de er bedre enn de jeg har. Han kan eventuelt skaffe meg et sett til innkjøpspris.

Ved lunch-tid dro jeg ned til hans kontor for å hente settet.

Jeg vil antagelig aldri forstå meg på virkelig storforretning og for å være ærlig er jeg heller ikke særlig interessert i å prøve.

Nokia, det finske selskapet, eller er det egentlig finsk, produserte ett hundre og tjueåtte millioner mobiltelefoner i fjor og fikk et overskudd på rundt åtte milliarder dollar.

Med disse informasjonene publisert gikk aksjene ned med åtte prosent.

De går en strålende fremtid i møte og hevder at de har investert i alternative produksjonssteder rundt om i verden.

Ikke desto mindre har de visstnok kommet til den konklusjon at de er best og at de derfor vil beholde all produksjon i Finland.

Ericsson, det svenske kommunikasjons-selskapet produserte førtitre millioner mobiltelefoner i fjor og erklærer at de vi stoppe all egenproduksjon da de taper penger på hver produsert enhet.

Verdensmarkedet neste år for denne type telefoner ble for en tid siden estimert til å bli mer enn en halv milliard enheter. Nå har man visstnok redusert utsiktene og dermed tallet noe.

Er det skremmende eller ikke, at bare åtte prosent av nyhetsinformasjonene i Norge er relatert til saker fra resten av verden. Jeg lurer på hva den samme statistikken kan fortelle om andre land i Europa?

Jeg mener det virkelig er skremmende hvis de er på samme nivå som Norge.

Dagsplaner

Morgenritualet hos min datter og svigersønn er noe spesielt for bestefaren til de to guttene. Alle står opp klokken sju, men det er bare offisielt.

Ettersom jeg holder til i min egen avdeling, bare to dører fra gutteværelset når jeg er i Norge, kan jeg ofte høre at det foregår noe der inne midt på natten.

Jeg har en mistanke om at det foregår en del trafikk der, uten at jeg vet nærmere hva det er.

Så, når jeg har gjort meg klar for dagen og overfladisk har gått gjennom de to avisene som leveres på døren hver morgen, går jeg opp trappen og finner familien samlet til frokost rundt kjøkkenbordet.

Så vidt jeg forstår er det ingen faste regler når det gjelder hvem som skal kjøre barna til barnehagen.

Det er noe de bestemmer i henhold til hvilke dags-planer de har på kontoret, ettersom de begge arbeider under samme tak.

Kanskje er det stor forskjell på gutter og jenter, eller så er det min hukommelse som spiller meg et puss. Uansett, jeg kan ikke huske noe i nærheten av det samme når det gjelder oppførsel, på den tiden mine to døtre vokste opp.

Guttene er helt herlige, men det skal være visst at de ikke holder tilbake med å gi uttrykk for hva de liker og hva de misliker og da mest når det gjelder det siste.

Ellers må jeg si at når det er tjue minusgrader ute og du skal kle dem, er det en fysisk utfordring i seg selv, som lett kan få gemyttene i kok.

Når det endelig er gjort skal kremen på i ansiktet som beskyttelse mot kulden, før vi alle begir oss ned trappene fra fjerde etasje, de to med sine ryggsekker og vi med søppelposer og ellers ting som hører med når det gjelder kontoret.

I den senere tid har min datter og svigersønn vært heldige og kunnet leie en parkeringsplass rett over gaten, slik at ihvertfall en bil har en fast plass. Den andre finner man der man dagen før fant en plass, normalt ikke mer enn noen hundre meter unna.

I dag, av en eller annen grunn jeg ikke festet meg ved, splittet de. Jeg skulle kjøre med min datter og minstemann, mens min svigersønn kjørte av sted med den eldste.

Selv om det ikke er mye snø i gatene på denne tiden, er det til gjengjeld mye is, som i hvert fall får meg til å spasere som om jeg for lengst hadde passert de sytti.

Idet vi kommer rundt hushjørnet og går mot bilen, snubler min datter med minstemann i armene.

Jeg var bare et par meter foran henne og oppdaget det som var på vei til å skje. Idet hun falt forover, fikk jeg vridd meg til siden slik at hun ble bremset mot min utstrakte arm.

Bortsett fra at gutten satte i et illskrik, jeg tror bestemt det var mer av sjokk enn av smerte, ble ingen skadet, bortsett fra min rygg som fikk en tvist.

Heldigvis for meg hadde jeg til senere i dag bestilt time for en runde ryggmassasje.

Jeg forstår at min datter og svigersønn til tider er svært misfornøyde med det kontinuerlige bråket fra guttene, men tror de er langt fra å inngå i den kategorien av amerikanere, som en undersøkelse viser er langt mer fornøyde med sine biler enn sine barn.

Det sies at rettsaken om Lockerbie bombingen den tjueførste desember i åttiåtte og som drepte to hundre og sytti mennesker, varte i ni måneder og kostet hundre millioner dollar.

Det var den famøse Pan Am flight 103. Abdelbaset al-Megrahi, førtiåtte, ble funnet skyldig av tre skotske dommere og idømt livsvarig fengsel.

Det tok tretten år å komme så langt, så la oss håpe at det ble en rettferdig dom og ikke som noen spekulerer i, et arrangert kompromiss.

Etter massasjen dro jeg med min datter til en av Oslos innendørs driving ranger.

Vi delte hundre og førti baller og da jeg ba henne ta en titt på min sving og spesielt det jeg så etter, forstod jeg raskt at jeg ikke ville få noen bedring av golfen ved å kjøpe et nytt køllesett.

I am a survivor

I dag for elleve år siden hadde vi begravelse for min eldste datter Nicoline. Unødvendig å nevne at bare å tenke på det frembringer spesielle følelser. Min svigersønn er i Sverige i dag i forretninger mens jeg er hjemme i Oslo sammen med min datter og de to barnebarna. Begge guttene er i seng og vi sitter og snakker om en ordre vi muntlig har fått i dag, også i Sverige.

Den dagen den er skriftlig bekreftet vil den antagelig være den største i firmaets historie.

Selvfølgelig snakket vi også om Nicoline og ettersom vi hadde noen glass vin strømmet minnene på.

Hun døde den tjuesjette januar i nitten-nitti, 27 år gammel, mens søsteren studerte økonomi i Madrid.

Hun forteller meg at den tjuefemte var hun på vei tilbake til leiligheten i Madrid fra Navacerrada, et skisenter en times kjøring fra hovedstaden. Hun var sammen med sin venn, Jose Maria, og en annen venn, Roderic, fra Holland. På radioen lyttet de til Michael Bolton som spilte og sang "I am a survivor".

De sang den alle tre for Nicoline om og om igjen hele veien tilbake til Madrid.

Hun husker, som om det var i går, at hun omgående ringte oss når hun kom hjem. Når hun fikk meg på tråden hadde jeg gitt henne beskjed om å ta første fly hjem til Norge neste dag.

Hun husker å ha bedt meg om å ringe hvis noe hendte og at jeg hadde svart noe sånt som "jeg vet ikke".

Jeg husker ikke noe som helst av dette, mens det står krystallkart for henne.

Tidlig neste morgen dro hun til Barajas flyplassen for å kjøpe billett, kun for å finne ut at det enten ikke var dekning på kredittkortet, eller at det ikke var linjeforbindelse til banken. Når hun spurte vedkommende bak skranken om hjelp, hadde svaret vært at: jeg har ikke plikt til å undersøke årsaken.

Hun fortalte om hvorfor hun i all hast måtte reise til Oslo, hvoretter det plutselig ikke lenger var noen problemer, "ningun problema".

Full fart, først til Barcelona og så skulle det vært København. På grunn av en storm kunne imidlertid flyet til København ikke ta av og ble tre timer forsinket.

Hun forteller at hun begynte å gråte og at en mann kom opp til henne og spurte om det var noe han kunne gjøre for henne.

Hun fortalte om sin søster hvoretter mannen introduserte seg som lege og at han også skulle til Oslo på et seminar. Han inviterte på lunch og fikk roet henne ned, hvoretter hun ringte meg på kontoret for å fortelle om forsinkelsen. Av naturlige grunner var jeg ikke på kontoret, så hun la igjen beskjed om forsinkelsen.

Nå var doktoren den beste person hun kunne gå tilbake til, husker hun.

Når jeg hentet henne på flyplassen fortalte hun om doktoren og først da at hennes mor hadde fortalt om søsterens død, kvelden før.

Hennes mor har bodd og fremdeles gjør det, i Syd Spania, omtrent fire timer fra der jeg bor, siden vi ble skilt for tjue år siden.

Hun ringte min datter i morges fra sykehuset for å fortelle at hun hadde fått vanskeligheter med den ene leggen.

Med all respekt for det tragiske mordet på den fargede gutten forleden dag, ser det ut som om hele Norge nå har øynene rettet mot faren med den nynazistiske bevegelsen.

Mer enn førti tusen mennesker demonstrerte i Oslo mot rasisme og mintes gutten.

Det betyr at hver tiende innbygger i hovedstaden var møtt frem.

Dette er den største ansamling av mennesker siden frigjøringsdagen etter den siste verdenskrig for femtiseks år siden, bortsett fra noen få ganger under Holmenkollrennene.

Tilsvarende demonstrasjoner skjedde samtidig i mange andre byer over hele landet.

Cigarer

På Filippinene med sine sju tusen øyer har de store utfordringer med mange ting, men visstnok også med overvekt. Sang og spising, sies det, er deres to største favorittaktiviteter. Sangen antar jeg, gjør dem glade, men som en konsekvens av all spisingen har de blitt verdensledende i bruk av medisiner til vektreduksjon.

Personlig har jeg aldri tatt medisiner for vektreduksjon, men mener uansett at dette kun er en vei til slanking. Langt den beste er og har alltid vært den greieste, nemlig å spise mindre.

Lettere sagt enn gjort antagelig, det må være som med røykingen, det er ingen sak å slutte en dag, men problemet er å ikke begynne igjen.

Noen sier at kvinner er som sigarer, de må til stadighet tennes på nytt.

Jeg mener bestemt at det er mye riktig i uttrykket men så, hva med oss menn? Trenger ikke vi også å tennes nå og da? Kvinner som forstår det tror jeg er langt lykkeligere i deres liv enn de som ikke forstår det.

Uansett, en god balanse gir nok det beste resultatet, om nødvendigvis ikke alltid det mest spennende.

Ettersom jeg hadde to døtre skulle jeg kanskje ha tenkt på det, men ville ikke du som meg ha trodd at det statistisk sett fødes like mange jenter som gutter i verden?

Riktig eller ikke, at balansen opprettholdes er vel i seg selv fantastisk men det er jo naturen også, ihvertfall stort sett.

Ifølge rapporter som kan leses i dag, stiller norske jet piloter spørsmål ved denne statistikken. Rapporten forteller at i tidsrommet fra nitten-nittisju og frem til i dag, har disse høytflygende karene produsert sekstito og en halv prosent døtre.

Ellers er det et faktum at det fødes flere gutter enn jenter i verden som helhet.

Jeg regner det som sannsynlig at naturen over tid har erfart at det stort sett er menn som kriger og dør og at menn statistisk dør tidligere enn kvinner. Noe i den retning er vel årsaken til at flere gutter enn jenter fødes.

Men så kommer det store spørsmålet: hva er årsaken til at disse pilotene avler flere jenter enn gutter? Spørsmålet er nå stilt om det kan ha noe å gjøre med de G kreftene de er utsatt for der oppe, eller kanskje er det de elektromagnetiske kreftene?

Vel, jeg forstår at en seriøs undersøkelse skal være på trappene.

Har aldri vært i nærheten av å bli en jet pilot, men slo allikevel til med ett hundre prosent kvinnelig bidrag istedenfor sekstito og en halv prosent.

United States of America reduserer i dag basis-renten for andre gang i år, til totalt en prosent, så der låner bankene ut penger som aldri før.

Det dreier seg om en økning på fjorten prosent i forhold til året før, samtidig som det innrømmes at soliditeten ville vært adskillig bedre hvis økningen ikke hadde oversteget ti prosent.

I morges ringte jeg en venn på hans hytte på fjellet. De hadde det praktfullt med deilig sol og med tjuesju minusgrader.

Blomstrende tanker   *Jan Arnt 2017*

Elektrisitetsforsyningen

Elektrisitet er nødvendig i nesten alle situasjoner og man kan bli skremt når man tenker på det som hendte med elektrisitetsforsyningen i California. Jeg husker godt at vår danske advokat for noen år siden, stadig reiste frem og tilbake til vestkysten av USA. All reisingen hadde å gjøre med vindmøller og som jeg forstod det den gang, representerte han sammen med en del andre advokater det danske selskapet som hadde produsert disse minikraftverkene og som hadde levert en stor mengde av dem der borte.

De var alle plassert i en enorm dal utenfor Los Angeles forstod jeg og rettssaken var reist fra amerikanernes side fordi de leverte "møllene" visstnok ikke levde hundre prosent opp til spesifikasjonene når det gjaldt ytelse.

Som jeg forstod dreide det seg om minimale avvikelser, men altså nok for amerikanerne til å nekte å betale og å gå til søksmål.

Jeg minnes at saken gikk over flere år og det er vel unødvendig å nevne at advokatkostnadene på begge sider ble enorme.

Hvem som til sist gikk av med seieren, hvis noen i det hele tatt gjorde det, tror jeg aldri jeg spurte om, men sikkert er det at de største vinnerne som alltid ble advokatene.

Det er ikke lett å forstå at en sånn situasjon kan oppstå i et land som USA, hvor de simpelthen ikke er i stand til å levere nok elektrisitet.

Jeg er på alle måter for privatisering, men ser frem til å få vite om det noen gang vil bli kjent for almenheten hvordan de har kommet i en slik situasjon som de er når det gjelder elektrisitetsforsyningen.

I et av de programmene på TV hvor produkter testes, ble det laget en sammenligning mellom forskjellige lommelyktbatterier.

Jeg er antagelig ikke den eneste som har dårlig erfaring med batterier av denne type.

Hjemme i Spania har vi ved jevne mellomrom forskjellige former for strømkutt.

Det minste regn og man kan være sikker på at strømmen går.

Stansen varer normalt ikke særlig lenge, men når det skjer bør man helst være forberedt.

Lommelykten er bare en av de mange batteri-konsumerende innretningene i hjemmet.

Jeg skal fortelle om en som jeg tror er relativt uvanlig.

Jeg har aldri sett noe lignende tidligere som den ringeklokken jeg selv har laget og installert i forbindelse med vår inngangsdør.

Vi har et tårn som bringer oss fra parkeringsplassen opp til terrassen, som ligger på selve hus-planet.

Tårnet er fem etasjer høyt, vel femten meter, og utstyrt med en heis-trakt samt trapper.

Vi har nå i lengre tid snakket om å få installert heisen, men de femtiseks trappetrinnene er selvfølgelig god trening og hjelper også til med å holde formen i orden.

Selvfølgelig har det også vært snakk om prioritering av kostnader.

Istedenfor personheis har vi en elektrisk heiseinnretning med en stor metallkurv for å lett-gjøre dagligdagen.

Så langt har vi aldri hatt strømbrudd mens den har vært i bruk, men hva vil skje når vi på et tidspunkt får installert en personheis? Hva vil da skje hvis et strømbrudd skjer med oss begge i heisen?

Leverandøren OTIS, som har gitt oss en pris på heisen, garanterer at hvis en slik situasjon skulle oppstå, ville den sakte gli ned til første etasje og døren automatisk åpnes.

Vel, tilbake til innretningen for ringeklokke.

Jeg har installert en tynn kjetting i heissjakten som glir over noen hjul.

Den går fra utsiden av ytterdøren på parkeringsplanet og opp til en messingklokke omtrent femten meter oppe, ved siden av den tenkte heisdøren på toppen.

En fjær demper overføringen når man drar i håndtaket der nede, og klokken gir en fin klar tone når den blir truffet av en hammerlignende innretning.

Med andre ord, oppsettet fungerer perfekt. Det er bare en hake ved installasjonen og det er at når man er inne i huset kan man ikke høre noe, selv om lyden i seg selv er ganske høy.

Heisetårnet er nemlig uavhengig av selve boligenheten.

For å overkomme problemet fant jeg i en jernvareforretning en batteridrevet sender og mottaker. Senderen monterte jeg i en liten boks, med en metall-arm stikkende ut som en bryter.

Denne ble så forbundet med kjettingen til klokken og voilà, når man så aktiverer håndtaket blir senderen aktivert.

Etter nøye å ha testet ut den maksimale avstand mottageren med ringesignal kunne plasseres fra senderen for å virke, ble det bak gardinen i spisestuen.

Nå er problemet bare at mottakeren konstant må ha strømforsyning for å virke, noe som krever hyppig skifte av batterier.

Det er antagelig lett å forstå at den forannevnte batteritesten gjorde meg nysgjerrig. Av alle de prøvede batteriene var det Panasonic Energizer som kom ut som den soleklare vinner.

De koster i Norge fire nittifem per stykke og varte syv timer under den spesielle testen de gjorde.

Disse batteriene ville spare en Walkman bruker åtte hundre kroner i året ble det sagt.

Jeg vil bli glad hvis jeg ved å gå over til denne typen batteri i min spesielle ringeklokke, kan nøye meg med å skifte dem hver annen måned istedenfor som i dag hver måned.

Spanske tanker

Kveldsavisen

En svensk kveldsavis skriver at Norge er en halvgal vikingnasjon. Jeg fikk ikke helt med meg hva de egentlig mente med uttrykket, men i mange sammenhenger, og slik jeg oppfattet det, er det riktig.

Vi har nok i Norge en tendens til å handle på litt utradisjonell måte.

Når tingene har kommet for langt, har nordmenn en tendens til å finne en løsning på situasjonen ved å ta et såkalt "skippertak".

Dette uttrykket dekker det som skjer når flere, eller alle involverte går sammen om å løse et spesifikt problem, der og da.

I seg selv er ideen slett ikke dårlig, men som nevnt, et "skippertak" blir bare satt inn når ting virkelig har gått for langt, noe som betyr at det ikke skulle ha vært nødvendig hvis planlegging og forberedelser hadde vært gjort bedre eller riktigere fra starten.

En annen side av saken er at når endelig et "skippertak" er gjennomført, føler alle en tilfredsstillelse og har en lei tendens til å havne tilbake i gamle rutiner.

Det ligger selvfølgelig langt mer i dette enn i mitt enkle eksempel, men det såkalte "skippertak" karakteriserer etter min mening bedre enn noe annet den norske måten å løse utfordringer på.

I forretninger er svenskene mye bedre organisert enn oss.

Jeg er selvfølgelig ikke så sikker på at alle nordmenn er enige med meg i det, men det er en observasjon jeg har gjort meg over mange år. Svenskene har lange tradisjoner som industrialister og med internasjonale forretninger generelt.

Vi startet opp med en ny agent i Sverige den første januar i år. Han forventes å distribuere våre digitale dikteringssystemer på det svenske markedet og vi har all tro på at det vil gå godt.

Vi har i lengre tid bearbeidet dette markedet og da spesielt et av de største sykehusene i Stockholm regionen.

De har nå hatt et digitalt dikteringssystem på prøve i nesten et år og ser ut til
å være meget tilfredse med både funksjonaliteten og vår eve til å følge opp.

Så fornøyde er de at vi har fått muntlig beskjed om at de vil installere vårt
system i hele sykehuset.

Dette tilsier at når vi får dette skriftlig, vil det antagelig være den største
engangs-ordren i vårt firmas historie.

”Livet er ikke det som hender, men hva du husker, og måten du husker det
på”. Gabriel Garcia Marquez som skrev dette, er nå i gang med sin biografi
”Living to Tell the Tale”

Han ble født den sjette mars i tjueåtte og var en av seksten barn, tenke seg
til, og endte opp med å bli tildelt Nobels litteraturpris i åttito.

Etter min mening er hans tese veldig riktig. Det er lett for meg å akseptere
at i de fleste tilfeller er det forskjell mellom det som hendte og erindringsbil-
det av det samme, men så kommer tilføyelse, den nye dimensjonen: ”måten
du husker det på”.

Dette sier ikke så lite om personen.

Han skulle så visst vite en del om det ettersom, så vidt jeg forstår, det meste
av hans litterære verk refererer seg til historier som er blitt ham fortalt.

Min datter og svigersønn har lenge sett seg om etter nytt hus.

Nå bor de i en rimelig stor leilighet i byen med sine to sønner, noe som i
seg selv selvfølgelig ikke er noe problem.

Men om et par år skal den eldste begynne på skolen og derved skjer det
fort forandringer.

Jeg må innrømme at når jeg ser på dagens boligpriser blir jeg nesten syk,
men det er naturlig nok når jeg sammenligner med det som skjedde den gang
jeg selv var i markedet, nå for svært mange år siden, og måten jeg husker det
på.

Jeg tror imidlertid, når jeg går det nærmere etter i sømmene, at det er en
slags proporsjon i alt, for eksempel mellom kostnad og inntekt og den belå-
ning man kan leve med i proporsjon til samme.

De leter etter et rimelig stort hus, et sted hvor de kan bo inntil de kanskje
en dag, når de blir eldre, igjen ønsker å flytte tilbake til en leilighet.

Vel, min datter har ihvertfall en mer eller mindre bestemt oppfatning av i hvilket område hun ønsker å bo. Han tror jeg nok er litt mindre bestemt og mer fleksibel i den sammenheng, men så langt har hun klart å stå på sin holdning, tilsynelatende uten at dette har skapt noen gnisninger i forholdet.

Cuevas de Almanzora, en liten by vel en halvtimes kjøring fra oss var i gamledager en gruveby.

Ved forrige århundreskifte bodde det flere mennesker der enn i vår nåværende lokale hovedstad Almeria i Andalucia.

Historien forteller at det den gang bodde mange titusen-talls mennesker i grotte-hus, og stadig er det mange som gjør det.

Jeg har vært der og tatt denne form for bolig i nærmere øyesyn.

Det er lett å forstå at de både var og er praktiske, og i mange tilfeller ideelle. Innetemperaturen varierer svært lite gjennom hele året og ble det familie-økning var det jo bare å grave ut et nytt barneværelse.

Slett ikke så enkelt i dag.

I Oslo må du være forberedt på å varme opp huset til å takle opp mot tretti kuldegrader, som i dag, og skulle du ønske å utvide med ett rom eller mer må du først gjennom den byråkratiske planleggingen med byggetillatelse, for deretter å betale en sekk med penger for selve byggingen.

Halvsjofle tanker i natten   *Jan Arnt 2017*

Snowboard-kurs

I dag er den dagen min datter skulle starte på et snowboard-kurs. Hun kjøpte brett, støvler og beskyttelsesutstyr på lørdag og var både klar og hippen på å starte i dag.

To av hennes venninner skulle også starte, så de så alle frem til å få disse timene vekk fra barna.

Jeg ser for meg hvor "cool" hun vil bli i guttenes, hennes sønners øyne når hun en dag vil dele bakkene med dem.

Etter å ha ringt for å sjekke møtestedet, fikk hun vite at de hadde måttet kansellere den første timen da det allerede var tjue minusgrader og temperaturen antagelig ville falle til rundt tretti senere på kvelden.

Tjue til tjuefem minusgrader er kaldt, men forestill deg hvordan den temperaturen føles når det blåser. Eksperter sier at det ved minus femten, men med, sterk vind, tilsvarer minus trettito.

Ikke rart at foreldre må beskytte barna med krem, eller å holde dem inne, når temperaturen faller til dette nivået. Selv voksne må være forsiktige.

Det kaldeste sted i Norge forrige natt var et sted som heter Drevsjø, med førtitre og en halv minusgrad. Tenk deg den situasjonen kombinert med vind.

I dag foregår det årlige hunde-løp med sleder i det området, det såkalte "Femundløpet".

Rundt ett tusen megawatt eksporterer vi til Danmark for at de skal kunne takle strømforbruket der.

Det har vært kaldere der i tidligere år, men forbruket har aldri vært så høyt før som det er nå.

I dag forstår jeg at det antagelig vil passere tjuetre tusen to hundre megawatt, mens det absolutte maksimum tilgjengelige, reserver inkludert, er tjuefire tusen. Politikerne er glade, ettersom mer enn femti prosent av regningen til forbrukerne går rett i lommen til staten i form av skatter.

Jeg lurer på hva temperaturen i dag er i Tatarstan, en av Russlands republikker.

Ikke det at jeg egentlig er personlig interessert, men jeg har lest hva mange mennesker der borte har å baske med, blant annet har de ofte strømstans som varer opp til tolv timer i døgnet.

Selv om det er kaldt og de har mange strømkutt, leser jeg at Marija Vasilijeva som er hundre og fire år, gror nye tenner til stor forbauselse for legene. Ettersom hun stort sett lever på grønnsaker og kylling, kan hun nå tygge maten.

Under en av mange besøk på familiehytten hadde min eldste datter sammen med gode venner en spesiell opplevelse.

Dette hendte i januar i midten av åttiårene.

De hadde gjennomsnittlig trettiseks minusgrader gjennom den uken de var der.

Hytten befinner seg på en liten halvøy i et vann og dette ligger ganske nøyaktig tusen meter over havet.

Hytten er svært godt utstyrt, blant annet med både elektrisitet og innlagt vann.

Jeg forstod aldri hvordan de kunne glede seg over skigåing i den temperaturen, men de var alle sporty og hver dag dro de til slalåmbakkene på den andre siden av vannet.

En dag de kom tilbake til hytten hadde elektrisiteten gått.

Tenke seg til, fra det tidspunkt de forlot hytten om morgenen til de kom tilbake om ettermiddagen, hadde varmtvannstanken inne i hytta frosset.

Rør var sprukket og vann hadde fosset ut over alle gulv. De kom hjem til islagte gulv i hele hytta.

Heldigvis kom strømmen tilbake etter en kort stund. Isen smeltet etter hvert som varmen steg og for dem ble det en uforglemmelig episode.

Etter å høre historier som denne, innser jeg at våre strømbrudd i Spania er noe vi lett kan lære oss å leve med, ettersom det verste som kan hende er at mat lagret i fryseren blir ødelagt.

Til nå, heldigvis, har det ikke hendt at vi har måttet kaste mat av denne grunn.

UNICEF

Det er en generell oppfatning blant nordmenn at barn i dette landet er godt beskyttet sammenlignet med barn i mange andre land. Dette er imidlertid så vidt jeg forstår langt fra helt riktig. I henhold til statistikker som i dag er offentliggjort av UNICEF, ligger Norge på femteplass i denne sammenheng. Sverige er lederen og derved det land hvor barn er tryggest.

Det snakkes her om barn opp til tolv år som er drept i alle former for ulykker så som trafikk, brann, drukning og lignende.

Ett barn drept er selvfølgelig ett for mye, men det vil alltid være ulykker, uansett hva som gjøres av preventive tiltak.

Norske politikere ble forbauset når de ble konfrontert med disse tallene.

De hadde også trodd vi lå mye bedre an på statistikken, men sier at de vil ta kontakt med svenskene for å høre hva de gjør og ikke gjør i denne sammenheng.

Biler og trafikk er ofte et aktuelt diskusjonsemne og i den anledning er det like mange meninger som det er mennesker. Personlig tror jeg, selv om det ikke er innrømmet, at de fleste mennesker mener seg å ha de beste ideer om hvordan trafikkreglene egentlig burde være.

Fra første januar i år har Norge forandret loven når det gjelder alkohol og kjøring.

Grensen ble flyttet fra 0,5 til 0,2. Dette betyr at hvis du ikke tidligere har vært et nervøst vrak så kan du lett bli det nå. Dette gjelder selvfølgelig bare de av oss som ikke har noe imot et glass vin eller to til maten. 0,2 betyr i realiteten det samme som 0. Utfordringen blir da å telle timene til du kan kjøre, fra du konsumerte ditt siste glass vin.

Jeg er på alle måter med på at alkohol og bilkjøring ikke passer sammen og det er klart at det her må finnes klare retningslinjer.

Ingen snakker imidlertid om hvordan du kjører, så dine kjørekunnskaper kommer ikke med i betraktningen. Dette er vel sannsynligvis heller ikke mulig, ettersom regelverket og lovene naturlig nok må gjelde oss alle.

Maksimum hastighet i Norge er nitti på noen motorveier, ellers normalt åtti, åtti på de bedre veiene og så nedover, tilpasset forholdene.

Nå, sies det, skal hastigheten på de riktige motorveiene økes til ett hundre, mens mesteparten av åtti-sonene skal reduseres til sytti. Selvfølgelig koster forandringen formuer, ettersom titusener av skilt må skiftes ut.

Jeg er ikke så sikker på om jeg har tillit til at disse forandringene vil føre til færre ulykker, ettersom de fleste av oss antagelig vil fortsette å kjøre i henhold til forholdene.

Jeg håper at bare få mennesker reagerer som meg i trafikken.

Bare jeg ser politiet blir jeg nervøs og får med en gang en følelse av at de er etter meg.

I den sammenheng her jeg det lang bedre når jeg kjører i Spania.

Det er absolutt ingen grunn til at jeg skal ha en slik reaksjon ettersom jeg aldri har hatt noe utestående med politiet, men det er uansett en følelse jeg ikke ser ut til å kunne bli kvitt.

Vel, en av mine yndlings-fraser er at det er ingen fremtid uten en fortid.

La oss håpe at myndighetene har lært noe fra tidligere erfaringer med alkohollovene, så vel som hastighetsgrensene, og at forandringene de har innført vil bli til det beste for oss alle.

Ariel Sharon, som gjerne kalles hauken og veteranterroristen, leder nå med sekstito prosent over Ehud Barak med trettisju.

Øyensynlig er det mange som boikotter valget i protest mot begge kandidatene. Det endelige resultatet kommer visstnok i morgen, men det er allerede klart hvem som vil vinne.

Hvor lenge Sharon vil bli sittende som statsminister gjenstår det imidlertid å se.

Den etniske minoriteten i Norge, "samene", feirer i dag sin nasjonaldag, mens den offisielle norske nasjonaldagen er den syttende mai.

Mange tanker Jan Arnt 2017

Tanker på kryds og tværs Jan Arnt 2017

Mister Nei

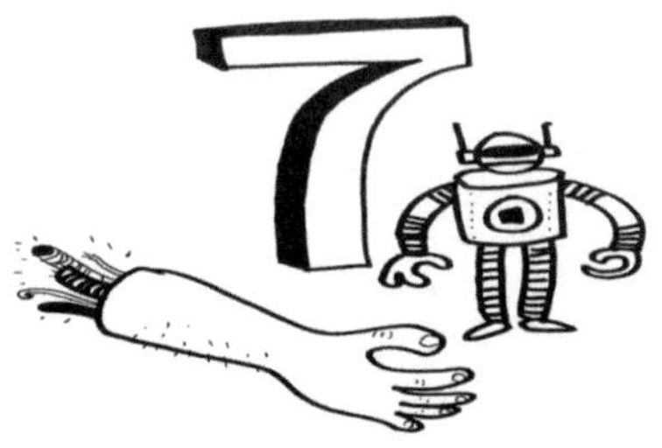

Min datter var heldigere i dag, været er totalt forandret til det bedre. Dagen startet med snøvær og snowboard-kurset gikk etter planen. Hun så veldig glad og engasjert ut da hun i fullt skiutstyr og med sitt nye board dro av sted, men det ble det for mye for minstemann.

Det er ikke å vente at han skulle forstå at han ikke kunne være med, selv om dette skjedde klokken seks om ettermiddagen.

Han begynte å skrike som jeg vet ikke hva og det var ingen som kunne roe han den første halve timen.

Den eldste hadde hørt og forstått at hun skulle på kurs og hadde ingen problemer med at hun dro.

Tvert imot, han aksepterte at det var viktig for henne å lære å stå på board, så de senere kunne gjøre det sammen.

Hvordan har det seg at "nei" er et av de første ord barn lærer?

Ganske logisk mener jeg, det er jo det første ordet foreldrene hamrer inn i deres små hjerner.

Underlig nok, når barn har bygget opp et ordentlig illsinne, sier de nei til et hvert forslag som kommer opp og som tar sikte på å få dem til å slutte å skrike.

De sier nei selv om man, innimellom trusler av forskjellig art, foreslår at de skal få både kjeks og sjokolade. Det er mange mennesker som vokser opp og forblir sånn.

Var det ikke Molotov de kalte Mister Nei?

Mange vitenskapsmenn arbeider med utvikling av roboter, og i den sammenheng kan man lese om en kunstig intelligens som man mener kan utmanøvrere mennesker.

Med andre ord, vi kan komme til å bli kontrollert av roboter med kunstig intelligens og ikke som vi helst vil se det i fremtiden, at vi må kunne kontrollere dem. Vi vil helst se dem som ideelle hjelpere som kan gjøre alt arbeid som vi helst vil at andre skal gjøre.

Professor Kevin Warwick er en av vitenskapsmennene som forsker på fenomenet.

Han har for en tid siden lagt siste hånd på et eksperiment hvor det er implantert en liten elektronisk brikke i armen hans.

Den skal visstnok sende informasjoner fra hans nerver.

Etter seks uker tok man den ut igjen og øyensynlig har eksperimentet vært vellykket.

Som et resultat av det skal man nå gå for en langt mer sofistikert chip.

Informasjoner overført fra mennesker på denne måten, med forskjellige typer chips, skal i fremtiden visstnok kunne hjelpe mange invalide mennesker.

Hvis hans neste eksperiment også skulle vise seg å bli vellykket, er meningen at hans kone skal få en tilsvarende implantert chip. I henhold til visjonene skal de så kunne utveksle følelser via radio og han er personlig av den tro at de vil kunne komme til å føle hverandres smerter.

Han tror at til og med sexlivet kan bli bedre, uten å nevne om det ikke like gjerne kunne bli ødelagt hvis det ellers var bra.

Personlig er jeg av den oppfatning at det en dag, for dem det gjelder, blir helt naturlig å få implantert chips av forskjellig art, til forbedring av dagliglivet.

Jeg er imidlertid like mye opptatt av de mulige negative sider av denne form for utvikling, og måten den kan misbrukes på.

Uansett, hans konklusjon er at disse eksperimentene ikke kan foretas uten en viss fare, men føler at det allikevel er noe han må gå videre med. Hans målsetting er å gjøre det mulig for mennesker å kommunisere bare ved hjelp av tanker.

Som jeg ser det i dag blir nok det bare en opsjon, jeg tror vel at den verbale og fysiske kommunikasjonen alltid vil være den beste form for kontakt.

Sikkerhetsvakter i det hvite hus i Washington er nå i full beredskap fordi det har bitt skutt utenfor bygningen. En ung mann som ble observert med et håndvåpen, ble av sikkerhetsvaktene skutt i benet og er nå i varetekt.

Hverken presidenten eller noen andre i bygningen ble skadet.

Lykketall

Fredsprosessen i mellomøsten, fortsettelsen av den såkalte Osloavtalen, ser ut til å være i fare. Jeg tviler på at mange tror at forhandlingene vil fortsette, eller bli videreført, med store forhåpninger om suksess. Allerede nå har Ariel Sharon vært ved muren i Jerusalem og mens han var der skal han ha uttrykt at den for all tid skulle tilhøre Israel.

Selvfølgelig en klar og svært diplomatisk uttalelse og klart et fint grunnlag for freds-fylte forhandlinger med Palestinerne.

Hvis det ikke var for at jeg er den jeg er, kunne jeg ha vært en suksessrik spiller på børsen.

Jeg kjenner flere mennesker hvis daglige oppførsel avhenger helt og fullt av de forskjellige daglige indekser.

Når børsen åpner om morgenen og de ser at Dow Jones har fått seg en tur oppover, møter de dagen med et smil. Det er som om man kan se hjernen som stille kalkulerer profitten.

Når den går ned ser de også ned, mens de i fortvilelse kalkulerer tapene.

I deres nærvær, i det siste eksempelet, må man finne måter å glede dem på, selv om de selvfølgelig er klar over at et tap ikke er realisert før de selger. Uheldigvis gjelder også det samme når det gjelder gevinst, den er heller ikke der før aksjene selges.

Selvfølgelig forstår jeg at det er viktig med børsen, den er jo navet i det økonomiske hjulet, det er bare det at børsen for meg aldri har vært noe alternativ som en del av min personlige økonomi. Meget sannsynlig at det er en av grunnene til at jeg ikke er velstående, selv etter mer enn førti år som aktiv i forretningslivet.

Det har aldri vært mangel på utfordringer i mitt liv, men heldigvis har disse utfordringene ikke stammet fra spekulasjoner. Jeg har aldri hatt anlegg eller interesse for gambling, selv om jeg i all beskjedenhet har prøvd et par ganger.

En gang, under et besøk hos vår italienske kontormaskinleverandør i Italia, bare noen få år etter min skoletid der, hadde jeg en opplevelse som aldri vil glemmes. Jeg var der i noen dager for å prøve å skape interesse for et skrivemaskinprinsipp vi hadde utviklet og tatt patent på.

Jeg ble introdusert til sjefen for deres patentkontor, en sympatisk eldre person, og ettersom han visste at jeg var alene introduserte ham meg til sin nydelige sekretær, omtrent på min alder.

Jeg hadde leiet en Fiat 600 for de dagene jeg skulle være der og selvfølgelig inviterte jeg henne omgående til en middag. Fra tidligere skoledager i samme område var jeg godt kjent og visste hvor vi skulle gå. Valget ble en herlig restaurant i en landsby en times kjøring oppover i Aosta dalen.

På veien dit passerte vi Casinoet i Saint-Vincent, hvor jeg bare hadde vært en gang tidligere og den gang kun for å ta en titt, uten å spille. For å imponere denne nydelige italienske sekretæren inviterte jeg henne til et lite besøk. Pass og identifikasjon måtte presenteres før vi slapp inn i denne spillesyndens bule.

Vandrende rundt og tittende på de forskjellige spillemulighetene, fikk jeg øye på en rekke store roulette bord. Som om jeg ikke hadde gjort stort annet enn å spille i hele mitt liv, trakk jeg henne rolig men bestemt med meg bort til ett av bordene, unnskyldte til høyre og venstre og presset oss inn mellom et par sigarrøkende fete milanesere. Før den påfølgende runde startet, puttet jeg min totale satsning, selvfølgelig bestemt av meg på forhånd, på nummer fjorten. Tro det eller ei, hjulet svirret og kulen som ble slengt inn den motsatte vei stoppet til slutt på mitt lykkenummer, noe som ga trettiseks ganger innsatsen. Sekretæren var på nippet til å besvime, mens jeg, også rimelig sjokkert, anstrengte meg for å holde masken, tok med påtatt selvfølgelighet imot formuen og fortalte henne så de nærmeste kunne høre, at vi hadde en middags-avtale.

Etter et herlig måltid på en restaurant med navnet oversatt til norsk "De Tre Konger" i den nærliggende landsbyen, hvor kun det beste på menyen ble bestilt, kjørte vi hjem.

Hun levde med sine foreldre mens jeg bodde på et hotell hvor stort sett bare gjester relatert til kontormaskinfabrikken bodde.

Vi tilbrakte ikke så rent lite tid i den lille Fiaten, for anledningen parkert på en liten høyde med oversikt over den opplyste byen Ivrea og elven Dora som passerer gjennom den.

Detaljerte observasjoner av utsikten ble ikke gjort.

Jeg møtte henne aldri igjen, men er sikker på at også hun hadde en uforglemmelig aften.

Jeg tror ikke at den nittiende geburtsdagen til NASDAQ i dag var en særlig lykkelig en, men så er da også en jojo beregnet å skulle gå opp og ned.

Ville dyr

Det å jage ulver kan virkelig få folk til å reagere. Allerede før jeg reiste til Norge denne gangen var temaet i alle avisene i Spania, at de barbariske nordmennene var i gang med å drepe de stakkars få gjenlevende ulvene i landet, istedenfor å la dem fortsette å drepe sauer.

Tingene ville kanskje vært annerledes hvis ulvene kun drepte for å spise, men det ser ut til at de dreper mest for gledens skyld og til tider kan de visstnok slakte ti-femten der og da, for så bare å la dem ligge.

Ja, så har vi også noen ganske få bjørner i spesielle deler av landet og disse er visstnok også svært glad i disse ull-vesene.

De fleste av oss tror at bjørnen er vegetarianer som mest lever av bær, men den kan også gå for kjøtt, men da visstnok mest for sportens skyld. Som man forstår er det ikke bare mennesket som setter pris på et godt lammelår.

Det er mest sauebøndene som klager og som lider økonomiske tap.

Jeg mener at før de beviselig kunne klandre ulvene, var det nok helst bjørnen som fikk gjennomgå. Jeg tror ikke vanlige mennesker får vite hvor mye staten har betalt i erstatning for tapte sauer i de siste tiårene, men for utenforstående som meg, med lite kjennskap til saken, fortoner det seg som om skogen er full av både bjørn og ulv siden det er utrettet så store ødeleggelser.

Vel, kjøttetende dyr kan selvfølgelig ikke i en håndvending forandres til vegetarianere og ettersom ulvene jager i flokk og visstnok er ganske smarte, velger de selvfølgelig den enkleste veien, og få dyr er vel enklere å få tak i enn den dumme sauen, er jeg redd.

Om sommeren er sauene ute i det fri og vil være der for seg selv hele sesongen, forutsatt selvfølgelig at de ikke drepes av en flokk ulver eller en bjørn.

En helt annen sak. Sist jeg fløy hjem fra Norge tok jeg med meg et røkt lammelår.

Jeg må innrømme at en spansk "Pata Negra" skinke er det beste jeg får av den sorten, men et røkt norsk lammelår, sammen med en liten "Linjeakevitt" og "flatbrød", frister meg til å forandre mening.

Det har kanskje noe med akevitten å gjøre.

Vel, debatten om man skal skyte ulver eller ikke har pågått ganske lenge og en rekke alternative forslag har vært fremsatt.

"Nordmarka", navnet på skogene nord for Oslo, som faktisk starter ved barnehagen til mitt eldste barnebarn, har vært diskutert som et sted hvor man kan plassere ulvene.

Hva skulle så være argumentet for det kan man spørre?

Fordi det i dette område ikke befinner seg sauer og tusener av Oslo-mennesker benytter disse skogene som turområder både sommer og vinter?

Disse områdene har allerede en mengde elg, den norske "moose", og de er normalt for store til å bli drept av ulver.

Det hele lyder logisk, ikke sant?

Jeg behøver kanskje ikke nevne at den kvinnelige ministeren som kom med dette forslaget representerer en forskjellig politisk ideologi enn meg.

Å fange ulvene for så å forflytte dem ville uansett bli svært komplisert, så i mellomtiden har de bestemt seg for å drepe seks av dem.

Jakten startet i dag med tilstedeværelse av en stor kontingent fra internasjonal presse, som i den grad det er mulig skal følge med i jakten.

Området hvor de skal lete etter ulven dekker rundt sju hundre kvadrat kilometer, så la oss se hva som hender.

Det har også vært store diskusjoner om å benytte helikoptre i jakten, men så langt tror jeg at protestantene har vunnet argumentet om "fair play".

Vel hvis de skulle ønske å flytte dem, er den eneste måten å nøytralisere dem på å dope dem fra luften.

Det fine for jegerne som er utpekt til arbeidet med å skyte dem, er at de alle får en månedslønn fra staten selv om de ikke finner og får skutt noen av dem.

Tid

Det er ikke så viktig hva klokken er,
det viktigste er at tiden går.
GM

Kommunikerende tanker

Ikonene

Et ikon er jeg sikker på at de fleste ungdommer som jobber med datamaskiner vet hva er. Alle som benytter disse vet at de små bildene på skjermen som brukes til og aktiviserer en rekke forskjellige programmer, kalles ikoner. Dette gjelder selvfølgelig ikke bare ungdommer.

Forskjellen mellom ungdommer og de mer modne, i denne sammenheng, er kanskje at de mer modne i alder også vil vite at et ikon også er et bilde, vanligvis kjent fra blant annet Russland.

Vel, et ikon kan være et hvilket som helst bilde, men det er ikke vanlig å benytte dette uttrykket når det gjelder vanlige bilder.

Ikonene er normalt portrett av helgener, det være seg menn eller kvinner og at de konstant vil minne sine eiere om disse. Jeg tror de er langt mer i bruk der religionen står sterkt, enn ellers. Neste gang du tar en taxi i et latinsk land, hvis du ikke allerede har lagt merke til det, så se etter et bilde av en helgen hengende fra speilet. Du vil bli forbauset over hvor ofte du vil finne at det er der og at det er sjåførens helgen.

Jeg er forøvrig av den oppfatning at bilder skal være synlige. Dette er vel logisk når det gjelder malerier av alle typer, de er normalt synlige, og for meg har de bare mening når de er det.

Når jeg tenker på den mengden fotografier som jeg har lagret i skap og skuffer og som jeg meget sjelden tar frem og ser på, føler jeg meg litt ille til mote. Jeg vet de er der, men på en måte blir det som med uttrykket: "Ute av synet ute av sinnet".

Uansett, på mitt kontor, eller rettere sagt kontoret hjemme i huset, er veggen fullpakket med innrammede fotografier, som til alle tider minner meg om høydepunkter av forskjellig art.

Bilde av den gang vi plantet et tre eller en busk og et bilde av det samme treet eller den samme busken noen år senere. Selvfølgelig trenger man ikke begge for å minnes evolusjonen, men sikkert er det at man får en god-følelse når man ser på dem.

Likeledes er det spesielt å se på bildene av huset som en gang var omkranset av furutrær, og bildet som er tatt etter den store brannen i august nitten nittini da de alle forsvant i flammenes favn.

Nye trær ble plantet, nye utfordringer og nye bilder. Det hender når jeg sitter der, uten noen spesiell grunn, at jeg får et bilde på netthinnen og drømmer meg bort. Minner bringes frem; jeg tror det er av denne grunn at vi liker å ta bilder. Vi trenger noe å se på senere for å bringe tilbake minner.

I dag er det ti minusgrader men med en klar blå himmel og ingen vind. Derfor ble dagen valgt til skigåing med barna.

Vi dro opp i bakken ved siden av den eldstes barnehage.

Jeg kan ikke huske å ha sett så mange biler parkert i det området før og aldri så mange mennesker.

På veien opp i bilen passerte vi flere av Holmenkollbanens stasjoner.

Alle vognene på trikkene som passerte var fulle av mennesker og ikke en passasjer til kunne blitt presset inn, vi er tross alt ikke i Tokyo.

Siden dette var første gang jeg skulle få se mitt eldste barnebarn på ski, hadde jeg selvfølgelig tatt kameraet med.

Yngstemann på to og et halvt år har enda ikke fått sitt første par ski, men jeg tror nok han vil litt senere i sesongen.

Når du opplever en dag som denne og ser hvordan folk benytter den ute i naturen, må jeg innrømme at livskvaliteten i dette landet må være blant den beste i verden, forutsatt at du liker et land hvor de fire årstidene skiller seg klart fra hverandre.

Jeg vet at så snart jeg har fremkalt filmen i kameraet, vil en eller to av bildene bli forstørret og innrammet. De vil bli hengt opp sammen med alle de andre på kontoret hjemme og vil, når jeg ser på dem gi meg god-følelse i mange år fremover.

Pocket Memo

For meg er dette litt spesielt. Tidligere fant jeg at den enkleste måten å lage mine "refleksjoner" på var å diktere dem direkte til min Pocket Memo for så, på et senere tidspunkt når det passet, å skrive dem på PCen. Siden jeg startet på disser "Tanker", som jo er flere år senere, finner jeg det enklere å skrive dem direkte, altså uten først å diktere dem.

For meg en helt ny og ukjent form, som jeg aldri trodde jeg ville velge.

På den annen side, de få mennesker jeg kjenner og som skriver, skriver alle direkte, uten bruk av diktering.

En gang i tiden laget jeg, godt hjulpet av en kollega, et konsept til å produsere notater, organisere dem, diktere innholdet for så omsette dette til tekst.

Konseptet ble kalt "Brain Manager" og vi var faktisk ganske stolte over det endelige produktet.

Personlig benyttet jeg det i to år, blant annet til møtereferater og fant det til stor hjelp.

Det å kommersialisere konseptet viste seg imidlertid langt mer komplisert, men igjen, det ble heller ikke satset særlig mye på det.

Vel, konseptet inneholdt ved siden av boken med forhåndstrykte skjemaer for å ta notater også et, etter datidens målestokk, avansert egenprodusert dikteringssystem som ble kalt "Voicetrap".

"Brain Manager" tvang deg til ikke å overse noen, når man for eksempel skulle lage møtereferater.

Ønsker vi å bli så disiplinerte?

Egentlig tror jeg ikke det, vi har vel alle våre egne helt spesielle metoder og er kanskje når alt kommer til alt mest tjente med å holde oss til dem.

Når jeg ser styreformannen i vårt danske selskap og måten han tar notater fra styremøtene på, kan jeg kun la meg imponere.

Ikke av måten han gjør notatene på, for det kan man knapt se at han gjør, men av resultatet som vi mottar skriftlig noen få dager senere.

På møtene ser det ut som han bare skribler ned noen få punkter, mens de to tre sidene med konsentrert informasjon vi får et par dager sener er konsise og klart dekkende.

Det er som om han har tatt opp møtet på bånd for ikke å miste noe.

Jeg har for lengst fått vite at han umiddelbart etter møtet dikterer referatet basert på sin hukommelse og de små skribleriene.

Praksis er svaret på et godt resultat. Han har <u>bare</u> vært med oss i femten år, så jeg regner med at han har tilegnet seg noen personlige triks på hvordan man kan holde styr på detaljene og aldri uteglemme noe.

Til en annen sak.

Vi utvikler og produserer sofistikerte lyd-opptak-systemer for rettssaler og ellers rom av alle kategorier, med innebygde systemer for avskriving.

Imidlertid ser det ut som at når det gjelder møtereferater velges individuelle personlige metoder.

Jeg kom til å tenke på disse tingene ettersom det i dag er en grå og snøfylt søndag og jeg sitter på kontoret med min svigersønn.

Han strever med finpussingen av markedsplanen som han skal presentere på styremøtet i morgen. Han er markedssjef i firmaet og som en konsekvens av det er han selvfølgelig også ansvarlig for markedsplanen.

Den skulle vært ferdig for flere måneder siden og vært en input i forbindelse med budsjettene for i år og ikke bli presentert på det første styremøtet i februar.

Det å sette ord på papiret er langt lettere for noen enn for andre, men uansett mener jeg det fremdeles er en viktig del av den daglige business å kunne gjøre det. For å forbedre seg på dette området er det bare å stå på med blod, svette og tårer.

Etter å ha gjennomgått planen må jeg innrømme at jeg synes den slett ikke var dårlig og langt bedre enn den fra i fjor.

Fisk på afveje   Jan Arnt 2017

Slangen   Jan Arnt 2017

Slipset

For første gang på ti år hadde alle som deltok på styremøtet slips. Hverken jeg eller så vidt jeg vet andre, hadde indikert at det var ønsket, men jeg regner med at ett eller annet skjult har fått dem fra å stille i bare skjorte og eventuelt pullover.

Selv bruker jeg alltid slips på kontoret og har gjort det så lenge jeg kan huske.

Det er ikke å legge skjul på at jeg er konservativ, selv om jeg ikke kan se at det å bruke slips skulle være symbol for dette.

Jeg må innrømme at jeg synes det var hyggelig å se dem med slips på styremøtet og jeg vil ikke ha noe imot om de fortsetter med det.

Tiden leger de fleste sår heter det og jeg tror vel at de fleste har erfart det. Allikevel hender det at man lurer på om det er riktig.

Man har nå fokus på selskapet IBM og deres aktivitet under den siste verdenskrig. Visstnok ble Nazi regimet forsynt med teknisk utstyr fra dem, eller rettere sagt fra deres tyske kontor.

Det dreier seg om hullkortmaskiner, eller bedre forklart kanskje, datidens datamaskiner. Nå har det visstnok kommet for dagen at ledelsen i IBM var fullt klar over at maskinene som ble levert, og det var riktig mange maskiner, blant annet ble brukt av Naziene til kartotek over befolkningen.

De samme maskinene egnet seg selvfølgelig også meget godt til å luke ut de deler av befolkningen som regimet av kjente grunner ønsket å kvitte seg med.

Det er indikert at det hvert år gjennom hele krigen ble levert rundt en billion hullkort til formålet.

Det skal bli interessant å se hvordan saken utvikler seg, men det er også interessant at en slik sak kommer for dagen nå, femti år senere.

Sjømat koster i Norge i gjennomsnitt femtitre kroner kiloet, omtrent det dobbelte av gjennomsnittet på det europeiske marked.

Det er i seg selv interessant at en fiskerinasjon som Norge skal toppe listen på denne måten, men med disse marginene bør man vel være riktig stolt.

Nordmenn spiste i fjor sekstini tusen tonn sjømat til en verdi av tre komma sju billioner kroner. Noe av det helt spesielle er at vi visstnok importerer torsk fra Russland, som vi så videresender til EU uten skatt; ikke så rart at vi blir populære.

Hvorfor er prisene så høye i Norge?

Jeg kunne gjerne ha lagt ut om mine meninger om dette, men vil bare nevne en liten faktor som jeg tror er en av grunnene.

Norge har nådd et nytt nivå når det gjelder hvor mye de ansatte er borte fra arbeidet.

En hel måned var gjennomsnittet i år to tusen.

Hva synes man om det, er det en ny rekord?

Jeg har ingen formening om hvordan det ligger an i andre land som vi sammenligner oss med, men som arbeidsgiver vet jeg, at selv om man betaler halvparten av kostnadene og at staten betaler den andre halvdelen, dreier det seg om riktig store summer.

Vel, det er ikke hele sannheten, ettersom de skattene vi betaler totalt er så høye at den del som staten betaler allerede har blitt betalt mange ganger av den ansatte.

Snu det hele på hodet og se det fra en annen vinkel. Hvis tallene er riktige betyr det at hvert tolvte menneske som er på lønningslisten, ikke eksisterer i det hele tatt.

Vi pleide å være godt over hundre ansatte i vårt norske firma, noe som betyr at vi hadde ti ikke eksisterende mennesker på lønningslisten.

I dag er vi tilfreds med å ikke være mer enn tretti ansatte, noe som har redusert de ikke eksisterende til to og en halv.

Rekorder er noe vi nordmenn er svake for og da spesielt når det gjelder sport.

Liv Arnesen og hennes partner var de første kvinner som krysset Sydpolen på ski. I dag endte de sin to tusen sju hundre kilometer lange tur, som tok dem nitti dager.

Design

Alt som er skapt av mennesker, uansett hva det er, har et tilsnitt av design. Selv i de tidligste tider er jeg overbevist om at noen som for eksempel laget et enkelt verktøy, automatisk, uten nødvendigvis å tenke på det, utformet det slik at det ved siden av nytteverdien også gledet øyet.

Dagens design er mye mer enn bare former; det er en komplett studie i menneskelig integrasjon og funksjonalitet.

Jeg vil ikke på noen måte gi inntrykk av at jeg vet noe om design, men jeg har hatt gleden av å arbeide med designere.

Jeg har også selv laget apparater for forskjellige typer kommunikasjonssystemer som vi har utviklet og satt i produksjon i vårt firma.

Den italienske fabrikanten av kontormaskiner, Olivetti, som vi representerte fra begynnelsen av femtitallet og til slutten av seksti, var i de dager helt i teten når det gjaldt industridesign.

I museet for moderne kunst i New York er en rekke av deres maskiner fra femtitallet utstilt, som eksempler på det beste innen industridesign fra den tiden.

I den perioden vi samarbeidet med det hollandske selskapet Philips når det gjaldt kommunikasjonssystemer, hadde jeg gleden av å besøke deres designavdeling en del ganger.

Mens vi var på høydepunktet i vår utvikling av disse systemene, for Philips, ble deres designavdeling ledet av en nordmann ved navn, Knut Yran. I Norge tror jeg han fremdeles vil huskes som den som blant annet laget en helt spesiell tegning av en liten samegutt.

Dette bildet ble benyttet internasjonalt i uendelige presentasjoner av Norge.

Måten Philips den gang presenterte sine forskjellige designutkast på var imponerende.

Se først for deg det uendelige produktspekter Philips representerte og det faktum at de alle på en måte skulle ha en gjenkjennelsesverdi, en såkalt "corporate image".

Når presentasjoner skulle gjøres, ble man plassert ved et stort sirkelrundt bord som var åpent i midten.

På store tavler rundt rommets vegger så man alle typer tegninger av utkast som var spesielt lyssatt.

Jeg tror at Yrans største tilfredsstillelse var å foreta disse presentasjonene selv. Jeg husker ham som en stor og ikke spesielt slank mann, som spaserte rundt og forklarte de forskjellige utkastenes styrker og svakheter, med konklusjoner om hvorfor de så til slutt hadde valgt den anbefalte design.

Når tiden så kom til at den aktuelle modellen fysisk skulle presenteres, ble alt lys dimmet ned, mens "spots" ble fokusert på sirkelen i midten av bordet.

Sakte, som kommende ingensteds fra, ser man det aktuelle produktet på en roterende plattform, som sakte stiger opp av sirkelen i midten av det runde bordet.

Det er unødvendig å nevne at dette var imponerende for de tilstedeværende, men så må man minnes om at dette skjedde i de gode tidene da man virkelig kunne investere i denne sektoren.

Jeg husker en gang hans avdeling skulle lage en design for et intercom apparat vi hadde utviklet, en gang i begynnelsen av syttiårene.

Før presentasjonen av det endelige designforslaget hadde den såkalte IDC, International Development Committee, representert ved rundt tretti medlemmer fra hele verden, hatt en rekke møter for å bestemme de generelle retningslinjene for designen, basert på Yrans forslag.

Etter dette ble det laget tjuefem forskjellige designmodeller, alle med spesielle egenarter. Den endelige avgjørelsen om hvilken modell som skulle settes i produksjon ble tatt av IDC.

Det som fikk meg til å tenke på dette var møtet vi hadde i morges med et designerteam fra Danmark, som er leiet inn for å lage en ny dikteringsmikrofon. De var her for å presentere første del av sitt arbeid etter åtte uker.

Selv om presentasjonen selvfølgelig ikke kan sammenlignes med Yrans, ble vi først fremlagt en rekke alternative hovedlinjer vi kunne velge mellom, hvoretter de argumenterte godt for sin anbefaling.

Jeg må si at de virkelig hadde gått ned i detaljene på en meget seriøs måte og lagt stor vekt på den menneskelige interaktivitet. Vi følte alle at vi tok en riktig avgjørelse når vi ga dem vår "go ahead".

To tanker

St.Valentine

Sagnet om St.Valentine er at en katolsk prest protesterte mot den romerske Keiser Claudius lov om at unge menn ikke kunne inngå ekteskap. Gifte men gir dårlige soldater, hevdet han.

I all hemmelighet fortsatte St.Valentine, som slett ikke tok hensyn til påbudet, å vie unge mennesker helt til det en dag kom Keiseren for øret.

Hans reaksjon var kort men slett ikke særlig vennlig.

Presten ble puttet i fengsel, hvor han ble forelsket i den blinde datteren til fengsels-vakten.

I henhold til sagnet sendte han et brev til sin eskede, dette skjedde den fjortende februar dagen før han skulle henrettes, som han signerte "Fra din Valentine". Fangen døde, mens piken fikk synet tilbake.

En fransk greve var, ifølge sagnet, den første som sendte et elskovs-brev til sin kone på St. Valentines dag.

Dette skjedde på fjorten femten hundre tallet mens han satt i fengslet i "Tower of London".

Jeg synes egentlig ikke det høres så mye ut, men fem tusen kilo sjokolade ble i Norge gitt som gave på den siste St.Valentines dag.

Videre, på samme dag, skiftet femti tusen roser og en million kort hånd. Slett ikke så verst for et land som Norge med våre vel fire millioner mennesker. I USA. sendte man mer enn åtti millioner kort forrige februar, mens finnene med litt over fem millioner mennesker sendte utrolige seks millioner.

Etter å ha tatt av fra Gardermoen, Oslos flyplass, på vei hjem, hadde jeg sannelig fått med meg noen suvenirer i form av rennende nese, verkende mandler og øreverk.

Temperaturer som svinger fra minus tjue til pluss fem, og barn som kommer hjem fra sine barnehager hver dag med hvem vet hva for slags ting og med konstant rennende neser, blir nok vel mye for en som har slått seg ned i et mildere og mer solrikt klima.

Min kone har tilbrakt den siste weekenden i Geneve med sin familie og vi skal etter planen møtes på Alicante flyplass og sammen kjøre hjem derfra.

I henhold til planen lander hun en time før meg og skal vente i den lille kafeen hvor vi vanligvis tar en kaffe når hun har kjørt meg til flyplassen de ganger jeg skal nordover.

Den tre timer og ett kvarter lange flyturen fra Oslo gikk uvanlig fort denne gangen, ettersom jeg hadde gleden av å sitte ved siden av en ung mann som arbeidet for det samme flyselskap som vi fløy med.

Jeg har alltid vært fascinert av fly og nå fikk jeg anledning til å plukke opp litt kjennskap til noe jeg ikke har for mye innsikt i, da han arbeidet i selskapets fraktavdeling.

Heldigvis, når de annonserte det "tax-frie" salget, ble jeg minnet om St.Valentine og benyttet selvfølgelig anledningen til å kjøpe en presang til min kone.

Vi landet litt mer enn en halvtime forsinket til et ganske kaldt og vått vær, noe som på denne årstid allikevel ikke er så uvanlig.

Fra Sveits hadde hun tatt med de beste ingredienser til en fondue, en glimrende ide til en middag i et vær som dette.

Blå tanker

Høst

Ingenting kan sammenlignes med en fin septemberdag på fjellet, forutsatt at solen skinner. Det er viktig at solen skinner, for kun da får du det riktige inntrykket av de fantastiske høstfargene.

Frem til jeg sluttet å gå på rypejakt for omtrent ti år siden, må jeg til sammen ha tilbrakt mange måneder i fjellet på dette tidspunkt.

Sesongen startet i begynnelsen av september, mer eller mindre på det tidspunkt når de grønne bladene skifter til gult og så til rødt på dvergbjerken.

Vår familiehytte, som for lengst er overtatt av min søster og bror, ligger på tusen meter over havet. Den er bygget på en liten halvøy i et relativt stort vann. En av bekkene som renner inn i vannet kommer fra et område som danner det riktige vannskille mellom øst og vest og som bare ligger vel en kilometer fra oss.

På en solrik og skyfri dag kan man se hele fjellsiden med de utrolige høstfargene speile seg i vannet.

Vi pleide alltid å være fem seks venner som tilbrakte langweekender der.

Jeg hadde normalt mine to engelsksettere med og noen av de andre stilte med sine, enten settere eller pointere. Å se disse arbeide i fjellet og gå opp i stand når de fikk lukten av rype, er en opplevelse med så mange følelser innblandet at det vanskelig kan beskrives til utenforstående.

Hunden kan stå i "standen" ganske lenge mens den paralyserer fuglene. Hvis en av hundene går opp i stand, vil ofte en annen hvis den er i nærheten komme opp bak den som står og såkalt sekundere standen.

Jegeren går så forsiktig opp bak hunden i stand og hvis alt går etter planen vil denne på signal avansere noen få skritt. Igjen, hvis alt går etter boken, skal helst to ryper ta til vingene mens hunden stopper igjen, og jegeren skyter.

Så på nye signaler gjentar situasjonen seg. Et rypekull består normalt av fra fem til sju fugl.

Vel, dette som sagt hvis alt går etter planen, noe som dessverre sjelden hender.

For de jegere som har vært i situasjonen vil en opplevelse som dette stå som et evig minne.

Når vi sitter ved middagsbordet, noe vi gjør nesten hver dag, ser jeg på et bilde som familien ga meg på min sekstiårsdag.

Det ble malt i førtiårene av en nokså kjent norsk maler og inneholder alle høstfargene i form av blader på trær og de som ellers er i norsk natur. Tanken, og den er god, er at når jeg ser på det, skal jeg alltid få gode minner fra Norge.

Under bildet er fronten av et gammelt norsk skap fra midten av det nittende århundre montert. Bondefargene på dette er så godt som hundre prosent like de på bildet over og de to til sammen mot den hvite veggen og med den lille peisen under, er noe jeg setter stor pris på.

Alt har å gjøre med at der oppe i nord er de fire årstidene så klart adskilt fra hverandre, og at hver av dem representerer noe helt spesielt.

Farger er en ting og det er også følelsene som følger dem. Når jeg lytter til "Våren" av Grieg, er det som å føle at våren er der. Snøen smelter og de bare trærne får nye skudd. Når du lytter til "I Dovregubbens Hall" ser du formelig de norske fjellene for deg, selv om du sitter i Syd Spania.

Grieg er vel bare en av mange komponister, tror jeg, som har denne raffinerte måten å uttrykke musikk på, slik at den formelig representerer landet den kommer fra.

Finlands Sibelius har det samme og for de fleste finner gir han dem, antagelig den samme følelsen som Grieg gir nordmennene.

Unikt:

Det er aldri noe unikt i det man gjør-
det er det det betyr for en selv som er unikt.
GM

Huskjøp

I Norge har vi et uttrykk som sier "Alle gode ting er tre". Min datter og svigersønn har i lengre tid lett etter et hus.

De eier og bor i en, etter min mening herlig leilighet på Frogner i Oslo. De har rimelig god plass, til og med til meg, når jeg en gang i mellom kommer på besøk i forbindelse med firmaet.

De kjøpte denne leiligheten for noen få år siden, etter å ha solgt en mindre, litt nærmere Slottet.

Deres to gutter, mine barnebarn på to og et halvt og fire og et halvt år går i sine respektive barnehager.

Ønske om hus er nok ikke så høyaktuelt nå, som hva de mener det vil bli når den eldste om to år skal begynne på skolen.

Uansett, den beste måten man i Norge kan gå frem på når det gjelder å orientere seg om hus-markedet, er å lete i annonsene. Finner man noe som man mener passer går man på såkalt visning for å ta eiendommen i nærmere øyesyn.

Dagsavisene er fylt med slike annonser hver dag og det opplyses om både størrelse og vurderingspris, samtidig som det opplyses om når de såkalte "visninger" finner sted.

Er man forberedt på å kjøre en halv time ut av byen ligger prisene ned mot det halve, og til tider lavere enn det, av det man må ut med for de som er mer sentralt beliggende.

Vel, som jeg forstår har min datter gjort opp sin mening på vegne av både min svigersønn og seg selv.

De leter etter et hus av typen nærmere byen, ettersom det er der hun selv vokste opp og det er der de helst ønsker at guttene også skal slå rot.

Regnestykket om hvordan et huskjøp så skal finansieres er et stadig tilbakevendende samtaleevne og da hele tiden med fokus på hva de kan forvente å få for leiligheten.

De siste gangene jeg har vært i Oslo, har jeg flere ganger vært sammen med dem på "visninger". Selvfølgelig er jeg tilbakeholdende med å gi råd før jeg blir spurt, selv om jeg ikke tror det er særlig vanskelig å lese mine tanker.

Prisene er helt ville etter min mening, men jeg får bare håpe at de, når de tar den endelige beslutningen, blir i stand til fortsatt å fø både seg selv og barna, ved siden av å nedbetale lånene.

Siste gang jeg var i Norge dro vi for å se på et hus, denne gang bare fra utsiden da det ikke var angitt visningstider. Huset hadde vært annonsert en gang tidligere men var ikke blitt solgt. I disse dager hender det veldig sjelden, ettersom nesten alle hus blir solgt etter første annonsering.

Folk går på "visning", og hvis de er virkelig interessert i å kjøpe gir de et bindende tilbud. Eiendomsmegleren informerer eieren og alle andre interessenter han måtte ha om tilbudet som er gitt og håper at noen så vil by høyere. Når man er i den situasjon at man har gitt et tilbud står nervene på høykant, og man må nå være forberedt på at man plutselig står med det høyeste budet og at bordet binder. I denne situasjonen er det for sent å snu.

Fra utsiden var huset spesielt og så ut som det var bygget i naturstein.

Slett ikke noe typisk norsk hus, men tomten hadde en fantastisk utsikt over Oslofjorden. Garasjen lå bare noen meter fra den mest trafikkerte veien opp til Holmenkollen, men bortsett fra det bestemte de seg for å lage avtale om en nærmere titt.

For å gjøre det kort, de dro opp igjen et par ganger og kom til at dette kunne bli deres store sjanse. Dette kunne bli huset i deres liv.

Så langt hadde det ikke kommet noen bud, så de bestemte seg for å gjøre et forsøk. Ettersom den indikerte prisen var langt over deres økonomiske budsjett, startet de med et langt lavere bud, med liten tro på at de ville få tilslag. Neste dag kom det et høyere bud, men bare ett. Eieren som de senere ble kjent med, måtte selge, men nektet å selge til den tilbudte pris. Han ønsket enda en annonserunde. Dette skjedde, men selv ikke denne gangen kom det noe høyere bud.

Jeg tenkte og sa at dette huset vanskelig falt i nordmenns smak, i den priskategori det dreide seg om. Antagelig hadde jeg rett, for det endte med at de i dag ga et nytt tilbud, ikke mye høyere enn det første, og fikk tilslaget.

Neste gang jeg kommer til Norge kan det godt hende at jeg flytter inn i den nye adressen.

Jeg tenkte på dette da jeg kom fra garasjen og hadde byttet inn den gamle

Ford Fiestaen i den nye firehjulsdrevne Hyundai Santa Fe'en.

Min kone hadde i mellomtiden hatt det tredje av en rekke tøffe møter i rådhuset, så når jeg kom hjem og fikk høre at det hadde vært svært vellykket, var det riktig å trekke frem uttrykket "alle gode ting er tre".

Fabelagtige tanker

Identifikasjonsnummer

Det å bygge og selge hus bringer en på mange måter i et personlig forhold til kundene. Selvfølgelig er det et spørsmål om ens personlighet og hvordan man tar det, men ihvertfall vi som lever i området føler et spesielt ansvar for å gå litt lenger enn bare å fullføre huset, innkassere pengene og overlevere nøkkelen. Sett deg selv i kundens sted, eller kanskje du allerede har erfaring med å bygge hus i Spania.

Jeg tenker ikke på erfaringen med selve byggingen av huset, for det kan selvfølgelig i seg selv være en utfordring. Jeg tenker på det som skjer når alt er over og du endelig overtar husnøkkelen, ja, selv før det, mens du skal planlegge kjøp av møbler, lamper, gardiner og så videre.

Hvor finner man forretningene og hvordan arrangerer man kjøp og leveranser, hvis disse kjøpene gjøres før huset er ferdig.

Vi snakker stort sett om kunder som kun er her på ferie og som ikke bor her permanent.

De aller fleste kunder er utenlandske og få snakker spansk, noe som praktisk kan være et problem ettersom personalet i de aller fleste forretninger i området ikke er særlig vant til fremmedspråk.

Bortsett fra alle offisielle papirer i forbindelse med huset skal det også opprettes kontrakter for elektrisitet, gass, vann og telefon.

Alle kostnader relatert til disse kontraktene blir normalt automatisk belastet din bankkonto, noe som betyr at en sådan må opprettes.

Det å opprette en bankkonto vil forresten normalt være noe av det første som skjer i prosessen når det gjelder husbygging.

For å kunne betale skatt må man ha en såkalt NIE, som er et identifikasjonsnummer. Dette vil man måtte fremvise også når man kjøper forskjellige typer kapitalvarer.

Alle disse ting må arrangeres og de aller fleste må ha hjelp til dette.

Vi anbefaler alle våre kunder om å rådføre seg med en advokat, som bortsett fra å sikre at alle legale papirer er i orden, også kan stå til tjeneste med andre ting.

114

Vi har et arrangement med vårt salgskontor som gjør at mange av våre kunder lar oss bistå med det praktiske uten å finne det nødvendig med advokat.

I dag har jeg oppdatert meg selv med hensyn til møbelforretninger i området, noe jeg fant nødvendig da jeg ikke har lett etter møbler siden vi flyttet inn i vårt hus allerede for noen år siden.

En norsk kunde skal være her i vel en uke med sine to barn. Før de kom visste de at deres hus ikke skulle være ferdig når de kom, så det ble arrangert en leilighet for familien i urbanisasjonen.

Konen og mannen hadde bare vært her en gang tidligere i fjor høst og hadde da bestemt seg for å kjøpe et halvferdig hus i en gruppe på åtte. For barna var dette det første besøket i Spania og siden de er åtte og elleve år er de selvfølgelig spente på stedet.

Før lunch tror jeg vi besøkte seks forretninger og jeg må si jeg var imponert over deres utvalg av møbler. Min ide var å vise dem forretningene, så de på egenhånd senere kunne fordype seg i detaljene og gå til innkjøp.

Vi har blitt enige med dem at vi avtaler med de forskjellige forretninger om at levering kan skje i uke tretten, ettersom vi da er sikre på at huset vil stå ferdig. Forretningene vil ringe oss for å avtale detaljer før levering og så er det opp til oss å sørge for at alt kommer i hus, da deres neste besøk blir på et senere tidspunkt. Vi vil også ordne med forsikringer.

Nå gjenstår det bare å se hvordan det i de nærmeste dager går med innkjøpene deres, noe jeg er overbevist om kommer til å gå fint, ettersom de begge er internasjonalt godt vante og allerede har startet med spanskundervisning.

Til min datter Anne-Marie på 20 årsdagen.

Det beste ved livet er at det er ditt.
Det vanskeligste er å erkjenne det,
ta et initiativ og gjøre noe med det.
GM

Greenfee

Utrolige førtiåtte millioner fem hundre tusen turister besøkte Spania i fjor hørte vi på nyhetene i dag. Ettersom det totale antall innbyggere i Spania er førtifem millioner, betyr det at landet besøkes av flere turister enn det har innbyggere. Jeg har ingen formening om hvor mange av disse som besøker Andalucia, men det er ingen tvil om at vi føler presset.

Aldri i alle de årene jeg har vært her, har jeg sett så mye bygging som nå. Det skjer over alt.

Det må bety at økonomien er god i Europa og for oss i all beskjedenhet, som bygger og selger hus, er det selvfølgelig viktig at det fortsetter på denne måten.

En annen ting vi føler er imidlertid at prisene stiger. Spania er ikke lenger et land hvor du kan forvente å leve billig i fremtiden og hvorfor skulle man tro det. Levestandarden er generelt høy og jeg tror at de allerede kan sammenlignes med de fleste andre land i fellesmarkedet.

Vi har sett utlendinger i vår urbanisasjon som investerte i hus her i midten av åttiårene og som har måttet selge og flytte, da deres pensjon ikke lenger kunne holde tritt med prisøkningen.

Ettersom både min kone og jeg er golfere holder vi stadig et øye med prisutviklingen på eventuelle medlemskap i forskjellige golfklubber og på priser man betaler for "greenfee".

Så vidt vi kan se er det ingen golfklubber som tilbyr medlemskap, antagelig fordi at det er mer interessant pengemessig å la mennesker spille på "greenfee". "Greenfee'en", det som det koster for en person å spille en runde golf, varierer fra fem tusen pesetas og opp til vel over tjue tusen på noen helt utsøkte baner.

Gjennomsnittet vil jeg tro ligger på rundt åtte tusen. For to personer som har golf som sin hovedhobby og som bor her permanent, blir dette et rimelig stort budsjett. For de som kommer på ferie hvor hotell og golf er inkludert, er prisen stadig gunstig og for de fleste helt akseptabel.

Tenke seg til hva det vil beløpe seg til for to mennesker som ønsker å spille tre ganger i uken, la oss si tretti til førti uker i året.

Vi er imidlertid medlem av vår klubb og betaler en akseptabel årsavgift, så vi er heldige sammenlignet med mange andre.

Det er bare en liten detalj ved det hele, nemlig at vi må kjøre en time hver vei for å spille.

Denne våren åpner to nye golfbaner i vårt nærområde og en tredje skal åpne neste år. Ingen av disse blir tilrettelagt for medlemskap, og hør på dette: En av dem tilbyr et opplegg hvor en person kan spille så mye som hun eller han ønsker i løpet av et år, på samme måte som om du var medlem av en klubb, for en pris på ni hundre og femti tusen pesetas.

For to betyr det nesten to millioner pesetas i året og tenk så på hva det kommer på for en familie med barn som ønsker å ta opp sporten.

Selvfølgelig er det markedet som bestemmer prisen, men her må det være mange som tror at trærne vokser inn i himmelen, noe vi andre vet de ikke gjør.

Sverige er et land hvor golfen er gjort til en allemannssport.

For en pris på en og en halv "greenfee" i Spania får du et tilbud som inkluderer både hotell, middag og "greenfee".

I Frankrike, hvor vi er en gang i mellom, har de også en helt annen prispolitikk, som gjør det mulig for to både å bo og spille uten å føle seg robbet.

Jeg leste nylig i et golfmagasin at noen navngitte klubber i Marbella området nå erfarer at medlemmer forlater klubbene da de ikke lenger finner det økonomisk forsvarlig å fortsette å spille golf.

Forfatteren av artikkelen konkluderte med at mange utlendinger som lever i Spania, av økonomiske grunner må slutte med golf og muligens starte med bowling.

Jeg håper noen ser til at det ikke hender med oss.

Short Stories

Overskriften og datoen var allerede der. Den ble laget for nøyaktig elleve år siden på dagen. I dag er det mandag den nittende februar, ikke 2001 men 2012. Jeg har hatt store utfordringer med å overføre alle disse "Tanker" fra den gamle PC en til den jeg bruker i dag. Saken er at jeg aldri har sett på dem etter at jeg skrev dem, en hver dag i nesten to måneder, fra den første januar 2001.

De var ikke på noen måte glemt, de var bare lagret i den gamle maskinen, som, selv om jeg har flyttet flere ganger, står på venstre side av skrivebordet.

Det var en meget avansert og dyr laptop den gangen. Uansett, etter noen år pakket skjermen sammen. Ingen kunne reparere den i området hvor vi bor så den eneste mulighet for et fortsatt liv med den, var å utstyre den med en separat skjerm.

Den fungerte så upåklagelig helt frem til jeg anskaffet en ny Dell maskin for noen få år siden.

Det er visstnok noe med formatet som gjør det vanskelig å overføre fra den gamle til den nye maskinen og da spesielt fordi en god del filer opprinnelig kommer fra en enda eldre maskin.

Det endte opp med at noen av dem måtte sendes som mail for å komme riktig frem til min nye maskin.

Jeg husker ikke i dag hvorfor mine "Tanker og Hendelser" kom til å slutte etter den 18. Februar og ikke varte måneden ut. Jeg har riktignok notater for de fleste dagene frem til slutten av måneden, men ikke for alle.

Regner med at andre forstyrrende elementer kom inn i dagliglivet og hindret en fortsettelse.

Grunnen til at jeg først nå har gått tilbake til dem er at jeg forsøker å rydde opp i mine skriverier.

Gjennom nittiårene og da mest konsentrert rundt midten av tiåret, skrev jeg nærmere hundre "short stories", som nå er under oversettelse fra norsk til engelsk.

I lys av dette tenkte jeg at jeg også skulle ta en nærmere titt på, og rydde opp i disse "Tanker og Hendelser".

Den gang skrev jeg dem på engelsk og kalte dem "Thoughts and Events"

Jeg har bestemt at mine "short stories" er mer refleksjoner enn historier og har derfor valgt å kalle dem "Refleksjoner" og på engelsk "Reflections".

Jeg har ingen planer om hva jeg eventuelt skal gjøre med dem, bortsett fra å rydde opp.

Kanskje kommer jeg på en plan når dette er gjort.

Hva så med de siste 10 dagene av februar 2001?

Vel, ettersom jeg så langt ikke har noen plan for hva som skal skje med "the missing link", kan jeg bare dvele ved de få notater jeg gjorde den gang i 2001.

Som alltid, været er viktig, i dag for tolv år siden regnet det.

Ikke særlig bra for golfen, men vi sier alltid at en regnskur er både nødvendig og bra for bøndene og sikkert er det, for på disse kanter har man konstant mangel på vann.

Politikerne har gått imot den storartede ideen å lede vann fra elven Ebro nedover til Andalucia. Den store elven Ebro passerer byen Tortosa sånn omtrent seks til sju timers kjøring herfra mot Barcelona.

Det har vært mye skriverier angående bygging av nye hoteller i området. Det dreier seg ikke bare om skriverier, det skjer faktisk, to nye er allerede under bygging. Men når det er sagt, spør man seg selv hvem som er ansvarlig og hva tenker de når det gjelder den generelle infrastrukturen? Det ser ikke ut til å være særlig fokus på oppdatering av veier, parkeringsplasser, shoppingmuligheter og ellers alle typer tjenester som skal til for å gjøre området bedre egnet for turister.

Debatten går i lokalpressen når det gjelder disse utfordringene, men det er umulig for utenforstående å se hvilke planer som foreligger, hvis noen i det hele tatt.

Når jeg ser nærmere på mine notater for resten av februar to tusen og en er jeg kommet til at det er best å ikke forsøke å fullføre skribleriene.

Det ville allikevel ikke bli i reell tid, så jeg har latt det ende med de første 51 dagene i 2001. Dette inkluderer den neste som er fra den tjuende februar, som jeg ved en tilfeldighet fant i en helt annen fil i min gamle maskin.

Skiheisen

De fleste engelske aviser som selges i Spania er trykket her. Det er ihvertfall slik det er i dag i 2012. Jeg husker ikke om det var tilfelle i 2001 og jeg husker heller ikke om mine notater fra denne dagen for 11 år siden kom etter lesing av engelske eller spanske aviser eller om det var informasjoner jeg fikk fra TV.

Det har selvfølgelig ikke noe å gjøre med selve innholdet.

Engelsk ungdom topper nå listen over av de som skader seg under innflytelse av alkohol.

Dette skjer hovedsakelig i helgene. Foreldrene er tilsynelatende uvitende om hvor deres døtre og sønner er og hva de gjør. Det hevdes også at ungdommer helt ned til åtteårsalderen røyker.

Det vil alltid, for oss alle, være en første gang vi prøver livets forskjellige utfordringer, men selvfølgelig, hvis foreldrene totalt har mistet kontrollen, er det en stor sjanse for at det ene vil lede til det andre.

Jeg vil ikke dvele lengre ved dette emnet, men bare slå fast at når alt kommer til alt må foreldrene ta ansvaret for dette og andre hendelser.

Dette minner meg om en personlig erfaring for mange år siden. Jeg er slett ikke stolt over hendelsen og det er ikke på noen måte slikt som bør skje. Den gang var jeg bare noen og tjue år og mente vel at det var en riktig handling.

Stående i kø for skiheisen i en slalåmbakke utenfor Oslo sammen med noen venner, var det en ung gutt, antagelig rundt tolv tretten år, som hver gang han hadde tatt en runde, snek seg direkte frem til køens begynnelse. For å kunne gjøre det måtte han passere alle andre helt bakfra, da køen var inn-gjæret.

Ingen så ut til å bry seg da det bare var ham selv og en venn som presset seg forbi. Køen var imidlertid lang og de passerte oss ihvertfall to til tre ganger for hver tur vi andre i køen hadde.

Til slutt stoppet jeg ham og gjorde det klart at han fikk respektere køen slik vi andre gjorde. Han neglisjerte mitt forsiktige råd og de fortsatte og presse seg frem.

Neste gang stoppet jeg ham igjen og forklarte at dette var den siste sjansen jeg ga hem til å oppføre seg.

Igjen neglisjerte han å oppføre seg, så det er unødvendig å nevne at jeg hisset meg opp. Idet han passerte for tredje gang stoppet jeg ham, sa noe om at han hadde fått sjansen men hadde missbrukt den, tok staven og stakk den hardt i en av skiene hans.

Resultatet var at den bakerste delen av skien ble splittet.

Han ble stående å måpe, mens jeg tilføyde noe sånt som; nå kan du gå hjem til foreldrene dine å fortelle dem at dette hendte fordi de aldri lærte deg og oppføre deg skikkelig.

Gråtende forlot han stedet sammen med vennen.

Som nevnt, jeg er ikke stolt over det jeg gjorde og selvfølgelig var det ikke min hensikt å splitte skien hans. Alle som så hendelsen mente at dette ville gi ham en skikkelig lærepenge som han absolutt trengte.

Slalåmski var den gang fremdeles laget av tre.

Å gjøre det samme med dagens moderne ski ville kun lage et merke.

Som Rotarianer er jeg stolt av å høre, dette er i dag i 2012, at tuberkulose er så godt som utryddet i verden. På hvert møte i klubben siden slutten av åttiårene puttet hvert medlem ti kroner i et plastrør og de skulle gå til nettopp denne saken.

Dette skjedde visstnok i alle klubber over hele verden.

Jeg mener å huske at det var millioner av smittede hvert år den gang.

I 2010 var det 360.000 som fikk sykdommen og i 2011 kun 60.000 tilfeller.

Vi så en reportasje fra et for oss ukjent sted i Afrika, hvor Rotarianere gav to dråper av et stoff til hvert barn, nok til å hindre at de fikk sykdommen.

Blant alle utfordringer i verden er det godt å være vitne til at aksjoner som denne kan resultere i mirakler.

Tanke Tom

De fire årstider

Vår:
Solen ivrer etter å stige på himmelen og inspirerer alt liv til å strekke seg etter den.

Sommer:
Solen spaserer rett over himmelen, mitt i nøytralitet-sonen mellom vår og høst.

Høst:
Solen blir trukket ned mot horisonten, i høstens ufravikelige favntak.

Vinter:
Solen gir opp sitt varmende budskap og nøyer seg med sin opplysende klarhet.

GM

Sidste tanke   *Jan Arnt 2017*